CATI

ROSSANA CAMPO
CATI

BOMPIANI

www.giunti.it
www.bompiani.eu

Via Bolognese 165 - 50139 Firenze - Italia
Piazza Virgilio 4 - 20123 Milano - Italia

Pubblicato in accordo con MalaTesta Lit. Ag., Milano

ISBN 978-88-452-9322-1

Prima edizione: settembre 2017

alla mia Baba Yaga
e a Teddy G.

PARTE PRIMA

"Le donne devono sempre ricordarsi chi sono, e di cosa sono capaci. Non devono temere di attraversare gli sterminati campi dell'irrazionalità, e neanche di rimanere sospese sulle stelle, di notte, appoggiate al balcone del cielo."

Virginia Woolf

1.

Eccomi qui, voglio raccontarvi tutta la faccenda perché io ancora non ci capisco niente, però Seraphine dice che ho questo compito, che devo fare attenzione a quello che mi capita e poi posso raccontarvi tutto quanto, per riportare il magico potere femminile nella mia vita, dice lei. E nel mondo. Mica una robetta da poco, così dice quella pazza di Seraphine, e io eseguo perché al momento non è che ho molto di meglio per le mani. Dato che non me ne va bene una, e lo vedrete se dico la verità o no, mi sono ritrovata qui in questa strana casa con questa strana signora e le sue amiche, la Casa della Luna, così si chiama, in via della Giuggiola 13. Un delirio solo a dirlo. Ora penserete subito che sono fuori come un balcone. E se lo pensate, be', non posso dire che avete proprio tutti i torti... Comunque queste signore hanno deciso che io, anche se al momento non sono messa granché bene, hanno deciso che io valgo, così dicono, tu vali, Cati, vali moltissimo, hai solo perso i tuoi poteri, ma li ritroverai, grazie a noi.

Le cose non sono andate granché bene nella tua vita, mi dice Seraphine, ma vedrai che d'ora in poi tutto girerà diversamente.

Dice che anche se non vado molto bene a scuola e studiare non è qualcosa che mi ha mai fatto sballare, dice che posso scrivere e posso disegnare. Volendo posso anche ballare, cantare, eccetera, posso anche fare altre cose più strane, ma ve ne parlerò dopo.

Prima bisogna che vi racconti la mia cavolo di vita e tutto quello che ne consegue, così vi fate il quadro generale.

Parto da qui, da quella che la strizzacervelli a un certo punto ha chiamato L'ESPLOSIONE ORMONALE, partirei da questa cosa che da un po' di tempo mi era esplosa dentro, appunto, la ciliegina sulla torta. Proprio quello che ci voleva nella mia vita di ragazza chiapponcella, sfigata, invisibile a tutti. Avevo tredici anni e mi sentivo l'essere più assurdo del globo terrestre. Insomma, la sensazione era questa: il mondo non mi accettava, non ne voleva proprio sapere di me, e così io ce l'avevo con lui. A me non piaceva il mondo, e a lui non piacevo tanto nemmeno io. A essere sincera, c'erano delle cose che mi sarebbero anche piaciute nel mondo, ma avevo capito presto che era meglio non contarci troppo, quindi facevo finta di niente.

A un certo punto, quando arriva il delirio ormonale, col corpo che si trasforma e cambia, tutto diventa più complicato. Odiavo la scuola, odiavo i prof, ero piena di strane manie, e poi mi prendeva la voglia di vestirmi diversa da tutte le oche che ci sono in giro. Così mi sono detta che non dovevo vergognarmi più del mio corpo, di quella che sono, e che lo avrei sbattuto in faccia a tutti così com'era. Ecco, eccomi qui, sono la cicciona, la matta, sono quella col cespuglio di capelli scuri ricci e selvaggi, e se non vi sto bene sapete cosa? Potete pure andarvene al diavolo! Mia madre, poi vi parlerò di lei, aveva dei vecchi dischi di punk rock di quando era ragazza, Sex Pistols, Clash, Adam and the Ants, Ramones, eccetera. Aveva anche delle vecchie riviste che mostravano la rivolta di questi giovani inglesi matti da legare che inneggiavano alla vita libera e ribelle. E così mi sono ispirata alle riviste di mia madre e mi sono lanciata anch'io in questo stile punk: chiodo di pelle con borchie e spillette sprucide, magliette piene di teschi, jeans strappati, anfibi di pelle nera decorati da scritte e disegni spray di mia invenzione e via dicendo. Col trucco non ci andavo pesante come avrei voluto, e nemmeno con i capelli. Fosse stato per me mi sarei fatta il classico taglio alla mohicana, rasati di lato e con la cresta diritta, e mi sarei truccata di nero gli occhi e le labbra. Ma su questo punto mia madre non ci sentiva. Non potevo rasarmi la chioma, e col trucco dovevo darmi una regolata. Così avevo ideato uno stile mio, mescolando il punk coi miei capelli ricci a cespuglio. Una specie di afro-punk creato da me. Anche sul piercing non c'è stato niente da fare. Mia madre mi aveva detto che potevo sbizzarrirmi coi disegni spray sul chiodo, sullo zainetto e sugli anfibi. Potevo anche mettermi qualche braccialetto ispirato ai collari per cani e un paio di anelli con teschi e serpenti. Poi basta. Comunque già così riuscivo a esprimere abbastanza la mia personalità ribelle. Mi ci sentivo bene, ad andare in giro per il quartiere così. Le persone non mi rompevano più come prima. Forse avevano un poco paura di me. E io ci godevo!

A scuola mi consideravano una disturbatrice, anche perché stavo sempre a fare domande, chiedevo un sacco di spiegazioni su tutto quanto. Il fatto è che delle loro risposte non me ne poteva fregare di meno, sia chiaro, era solo un modo per dargli il tormento, per rompere le scatole e far perdere il filo del discorso ai prof. Perché una cosa che pensavo io era che ci sono due tipi di persone, quelli che si adattano a qualunque cosa e studiano e abbassano la cresta e vogliono essere i cocchini di tutti quanti. E poi c'è l'altro tipo, a cui appartiene la sottoscritta: non è che noi di questo tipo non abbiamo abbastanza intelligenza, non è che siamo degli ottusi deficienti, anzi, solo che quelli come me non vogliono farsi mettere in gabbia, non vogliono fare i pecoroni. Quelli come me vogliono sentirsi liberi e creativi a modo loro, fare le cose seguendo la loro testa, e questo è quanto. Però una cosa che ho visto subito è che in genere quelli come me il mondo li odia, ci considera niente e cerca in tutti i modi di spazzarci via.

Non è così! mi ha detto Seraphine. I tipi strani sono quelli che salveranno il mondo! Ha detto così, lei, ma dovete capire prima che tipa è. Uh! La dovreste vedere.

Comunque la verità è che avevo un sacco di manie, fumavo come una turca, avevo sempre la siga in mano, e avevo una fame boia, mi mettevo in bocca tutto quello che riuscivo a spazzolare in giro, in poche parole ero incazzata col mondo intero, sì, ma prima di tutto con me stessa.

2.

Io una famiglia mica ce l'ho. Prima ce l'avevo, cioè, eravamo io e mia madre che si chiamava Raffaella ed era una tipa molto speciale, completamente fuori anche lei, ma era speciale, aveva un bel sorriso e anche se non ne imbroccava una giusta non era male averla come madre. E anche adesso che ve ne sto parlando mi manca un sacco.

Vi dico ancora qualcosa di lei: mia madre era piena di tatuaggi e ogni tanto se ne faceva fare uno nuovo, era una barista molto in gamba, si faceva un mazzo così tutto il tempo e ne andava fiera. Anch'io ero fiera di lei, e lo dicevo sempre, io ho una madre tostissima, la più forte del mondo, la meglio che c'è. Quando certe volte andavo al bar City dove lavorava stavo lì a guardarla mentre serviva tutti quanti, veloce, tirava fuori anche dei commenti simpatici o di presa in giro per tutti ma sapeva anche consolarti se ne avevi bisogno. Se mi cercano mi trovano, così diceva sempre lei. Era molto svelta a versare i cicchetti di vino, a preparare le birre alla spina e i caffè macchiati. Però era proprio sfortunata con gli uomini, non ne imbroccava mai uno buono. Sceglieva sempre i peggio, lo ammetteva anche lei. C'erano quelli che le raccontavano un sacco di balle, quelli sposati, i mezzo delinquenti che avevano sempre dei traffici loschi e degli affari sporchi per le mani, oppure gli imbroglioni patentati che certe volte le hanno pure portato via dei soldi, e poi, ultima categoria, i matti da legare, quelli che si sono fatti pure un po' di manicomio, eccetera. Mia madre ha collezionato una serie di tipi allucinanti. Ce n'era uno che si metteva lì a carezzarla da vero porco anche davanti a me e lei gli diceva dai che c'è la bambina, adesso no, ma quello se ne fregava e continuava come il vero porco che era. Niente da fare, proprio sfortunata coi maschi, mia madre. Anche con mio padre, chiaro. Lui se l'è filata che io avevo tre anni, non mi ricordo praticamente niente di lui, nada de nada. E anche se certe volte provo a sforzarmi e cerco di rivedere delle scene di quando ero una pupetta piccoletta, giusto per provare se da qualche parte spunta lui, niente, nebbia totale, è come la mattina appena mi sveglio e so che stavo facendo un sogno e mi piacerebbe rivederlo e ritornarci dentro per un po' e invece niente, non riesco ad acchiapparlo, il sogno è andato. Così è con lui.

Mia madre però era anche un po' stramba ogni tanto, era come le monete, aveva due lati. Quando la vedevo tornare dal lavoro stanca morta mi prendeva una gran tristezza. Lei si accasciava sulla sedia della cucina con una specie di mezzo sorriso pieno di amarezza dentro e mi dava un'occhiata di sfuggita come se non riuscisse a trovarsi davanti ancora un essere umano, qualcuno che di nuovo le chiedeva da mangiare o da bere. A un tratto gli occhi le si appannavano ed era come se il suo corpo rimanesse lì in cucina, ma con la capoccia stava viaggiando da qualche parte molto molto lontano dal vicolo della Merla dove abitavamo.

Quando non doveva andare a lavorare, nel suo turno di riposo, si chiudeva in camera e dormiva tutto il giorno, non usciva dalla stanza nemmeno per mangiare o per lavarsi, non rispondeva al telefono, niente. Stava lì con le persiane chiuse, non voleva essere disturbata, diceva che dovevo pensare io a tutto per quel giorno, mi dovevo arrangiare. Quella era la mamma del lato brutto.

Ma quando spuntava la mamma del lato bello, del lato col sole, le cose andavano veramente bene. Accendeva lo stereo e sparava la musica che amava a tutta birra, specie le cantanti blues e rock che erano i suoi idoli, tipo Nina Simone, o Billie Holiday oppure Janis Joplin, un casino che veniva giù il soffitto. Si vestiva con camicette colorate, magliette psichedeliche che si tingeva lei in casa, si guardava il sedere allo specchio nei jeans attillati e tutti scoloriti, si ammirava le supertette nelle t-shirt corte che le lasciavano la pancia e l'ombelico di fuori, si contemplava i vari tatuaggi sulle braccia, sulle cosce, eccetera, si metteva a sfumazzare tenendo la sigaretta all'angolo delle labbra con un occhio semichiuso per non farsi andare dentro il fumo. Quando era così doveva insegnarmi le sue massime sulla vita e su come ci si deve comportare per stare bene al mondo. Diceva spesso che nella vita bisogna farsi forza, e non bisogna mai disperare, perché c'è sempre qualcosa che ci si può inventare per sfangarla. E sparava frasi che mi suonavano piuttosto fasulle, ma dette da lei uno finiva per crederci. Tipo: Finché c'è vita c'è speranza! Oppure: Domani è un altro giorno!

Poi per tirarsi su leggeva gli oroscopi dei giornali. Mi ricordo che una mattina aveva la faccia tutta gonfia e gli occhi rossi di chi ha pianto un casino, forse aveva litigato col suo fidanzato, però appena mi ha vista spuntare si è soffiata il naso e mi ha letto l'oroscopo, diceva qualcosa tipo finalmente la vostra vita andrà per il verso giusto! Ora potete desiderare tutto quello che volete, perché la vita esaudirà tutti i vostri desideri. Hai visto, Cati? Non è figo? continuava a dirmi, con una faccia che mi atterrava per la tristezza. Vedrai che comincia un periodo bello per noi, Cati! Vedrai che ci riprendiamo! E magari mi trovo pure uno meno stronzo!

Io sentivo qualcosa che mi chiudeva la gola, non capivo perché sembrava diventata una vecchia di colpo. Non capivo perché era messa così male e però sparava quelle frasi con quintalate di speranza fasulla dentro. Allora mi si riempivano gli occhi di lacrime anche a me e andavo a chiudermi al cesso perché non volevo farmi vedere così e caricarla di altre preoccupazioni, mi sembrava che la vita gliene avesse date già abbastanza, di gatte da pelare. Mi sembrava che se ci fosse stato un campionato mondiale delle madri più sfigate lei sarebbe arrivata prima, la madre più sfortunata del mondo, e non mi ci volevo mettere pure io. Allora nel cesso cercavo di strizzare gli occhi più forte possibile per non piangere e provavo a trattenere il respiro per non sentire più niente, non sentire la paura che mi arrivava, e il grande magone per la nostra vita sfigata, e poi anche per bloccare una fortissima rabbia delirante insensata che mi saliva su dalla pancia di colpo. Quello che cercavo di fare in pratica era di non essere più io. La Cati. Perché mi sembrava davvero troppo strano e troppo doloroso essere me.

Poi una sera, mentre tornava dal lavoro, mia mamma è stata investita da un'auto. Era su un marciapiede che camminava per i fatti suoi e una tipa che si era sentita male o si era addormentata, non si è capito, non me l'hanno spiegato granché bene, le è andata addosso. Allora sono cominciati i casini grossi. Non erano più solo quel genere di casini a volte tristi a volte divertenti di quando c'era lei, no, tutto ha preso d'un tratto un sapore diverso, come se tutto sapesse di amaro, e qualcuno avesse spento tutti i colori del mondo. È stata davvero dura, ma adesso non voglio intristirvi troppo. Diciamo che ho attraversato cose dure e altre superdure, da quel momento. Per dirne una superdura, c'è stato mio padre che si è rifatto vivo, è spuntato nella mia vita come un fungo e mi ha chiesto di andare a vivere con lui e la sua fidanzata, una che si chiamava Titti ed era la regina delle nevi.

3.

Devo spiegare anche qualcosa di mio padre. Lui come ho detto era sparito quando avevo tre anni, e poi si è rifatto vivo quando ne avevo dodici, l'anno scorso, prima che mia madre morisse. Non me ne fregava niente di lui, però quando lei se n'è andata non ho avuto alternative, ha voluto che andassi a vivere con lui e con la sua tipa.

L'ho rivisto un giorno che nel cielo c'era come una luce che faceva male agli occhi, e la giornata girava male dall'inizio, non avevo voglia di svegliarmi, di ritrovarmi nella mia cameretta, non avevo voglia di lavarmi vestirmi andare all'appuntamento. Però ce l'ho fatta, mi sono vestita, mi sono messa il mio chiodo, i miei anfibi, i miei jeans sbrindellati a vita bassa che mi incicciano sui fianchi ma secondo me mi stanno bene, mi danno un'aria aggressiva che ci vuole. Ho preso il mio zainetto, mi sono sistemata i capelli con le mani, un po' di lucidalabbra, e poi mi sono data un'occhiata allo specchio per controllare quanto mi poteva trovare grassa lui. Ho preso l'autobus e sono scesa alla fermata vicino al porto, dove avevamo l'appuntamento, ho attraversato la strada e mi sono messa ad aspettare davanti al chioschetto delle bibite dove dovevamo incontrarci. Mentre aspetto mi metto a pensare a come lo devo chiamare questo mio padre, non mi viene molto da chiamarlo papà, direi che è normale se non l'ho praticamente mai visto.

Se vogliamo dire papà è giusto, nel senso che lui dodici anni prima aveva avuto una storia con mia madre e aveva pensato bene di metterla incinta. Lei dopo, quando sono cresciuta, mi ha sempre detto che secondo lei un padre è una cosa in più, se uno ce l'ha bene, se non ce l'ha non cambia granché. Quello che è importante è avere la madre. Così ha sempre sostenuto.

Quando ho visto un vecchio, sui trentacinque, coi riccioli scuri, che attraversava la strada e agitava una mano verso di me ho subito avuto voglia di mettermi a correre, dall'altra parte, però, di andarmene via da lì. Ho sentito come una grandissima ingiustizia. E mi è sembrato anche che non fosse giusto essere rinchiusa nel corpo cicciottello di una ragazzina di dodici anni. Se non avessi avuto l'età che avevo, forse potevo anche dire che non volevo vederlo. Non ci sarei andata, all'appuntamento, di domenica mattina, potevo starmene a dormire o a farmi i fatti miei. Se fossi stata grande avrei detto a mia madre di andarci lei all'appuntamento, visto che era lei quella che si era innamorata di lui ai tempi. Ma invece ero lì, così è la vita, e anziché mettermi a correre dalla parte opposta mi sono piazzata una specie di sorriso in faccia, ho mosso qualche passo verso quello là e gli ho allungato una mano per dirgli: Piacere di conoscerti, come mi aveva detto di fare lei.

Lui l'ho capito che era emozionato e agitato, e io ho notato subito che ci aveva i ricci uguali sputati ai miei e il naso a patata come il mio. Mia madre aveva un bel naso piccolo e diritto e i capelli scuri e lisci, io ho questo naso a patata e i capelli da africana. Non me ne va bene una.

Lui ha detto: Ehi, sei davvero grande!

Io non ho detto niente perché non mi piacciono le frasi da ipocrita, non ho detto cose tipo oh grazie, eccetera. Non trovando qualcosa da dire che non suonasse deficiente me ne sono stata zitta.

Mi sono appiccicata questa specie di sorriso in faccia e non me lo sono levato per un pezzo, finché lui ha detto: Ti va di andare a mangiare qualcosa?

Va bene, ho detto io, cercando un tono sull'allegro, per fargli vedere che ero una ragazzina in gamba, una di quelle che non danno problemi, e che non mi dispiaceva che lui non si fosse fatto vedere per tipo dieci anni o giù di lì, tipo tutta la mia vita insomma.

Ci eravamo incamminati nella piazza piena di sole, di mamme e papà coi bambini e di vecchi a passeggio. Avevamo fatto un pezzo di strada senza dirci niente e un paio di volte lui mi aveva lanciato un'occhiata come di uno che ha dimenticato qualcosa dentro il forno e dopo un po' lo apre e gli esce una roba gonfia enorme gigantesca che invade tutta la cucina. Ha detto: Hai fame?

Mmh... sì, ho risposto io, in tono gentile. Stavo diventando la numero uno dei campionati di ipocrisia.

Siamo arrivati davanti a una trattoria sotto i portici che odorava di pesce fritto e lui mi ha fatto segno di entrare, ha salutato un paio di persone come se fosse normale per lui andare a mangiare in quel posto tutti i giorni e ci siamo seduti a un tavolo quadrato per quattro persone, con la tovaglia a quadretti e i tovaglioli che profumavano di bucato e le posate e il cestino del pane messi lì già belli pronti e ordinati. Ci siamo seduti uno di fronte all'altra e ho capito subito che stava dando un'occhiata ai miei capelli da africana, al naso a patata e agli occhi scuri come per valutare una cosa drammatica ma innegabile: ero proprio sua figlia, ero piuttosto punk e gli somigliavo un casino.

Fingevamo allegria e distacco ma ce la stavamo facendo nelle braghe tutti e due. Io mi sono messa calma, con la faccia appoggiata sul palmo della mano, e mi sono guardata intorno piegando le labbra in vari modi da deficiente. C'era qualcosa che mi saliva nella pancia. Era la voglia di spaccare tutto, tanto per cambiare. Avevo fatto male a venire, avevo fatto una cavolata e adesso dovevamo trovare proprio qualcosa da dirci.

Cosa vuoi mangiare? ha detto lui.

Io mi sono detta: Devi prendere la cosa più veloce che c'è, mangiare tutto e filartela via. Io questo coso qui che mi somiglia non lo voglio mai più vedere.

Ho detto: Un panino al prosciutto e le patatine.

Ma dai, ci sono tante cose buone qui da mangiare, per esempio il pesce, non ti piace il pesce? ha detto lui.

No, mi fa schifo, ho risposto.

Ok, ha detto lui spingendo sul pedale della tolleranza. E ha aggiunto: Ehi, Caterina, guardami.

Sì, ho fatto io spingendo sul pedale dell'indifferenza.

Tua madre te l'ha detto che avevo molto desiderio di vederti?

Mmm… ssì.

E che ne dici?

Che ne dico? Niente.

A te non faceva piacere vedermi?

Mmm…

Non avevi curiosità di conoscermi?

Mmm… no.

Lui aveva detto la sua frase con una vocetta un po' strozzata, tutto pallido, gli era venuta di colpo una voce di naso che sembrava un personaggio dei cartoni. Era buffo, mi aveva fatto ridere.

Cos'hai da ridere? Cosa c'è da ridere?

No, niente, ho detto, cercando di stare seria, e l'ho guardato in faccia sforzandomi di non ridere più.

Io... quando tu sei nata ero molto giovane, non avevo nemmeno vent'anni, e poi sono andato via, sono andato in Inghilterra.

Sì, me l'ha detto la mamma.

Lo sai perché sono andato in Inghilterra?

Perché era piuttosto lontana dall'Italia.

Ma no, che dici, io volevo fare l'attore, avevo questo sogno di fare l'attore.

Attore del cinema?

Be', no, a me piaceva fare il teatro.

Ho capito.

A te piace il teatro?

Non me ne può fregare di meno.

D'accordo.

E com'è andata poi col teatro? Sei diventato un attore famoso? Io non ti ho mai visto.

No... non è andata granché bene.

Non hai mai fatto dei film famosi?

No... ho fatto qualche piccola cosa, ma ora mi occupo di tutt'altro.

Ok.

Ora vendo le medicine, vado dai medici, gli faccio vedere delle nuove medicine che escono e cerco di convincerli a darle ai pazienti.

Bella roba!

Che c'è?

La mamma è contro le medicine, dice che sono tutti trucchi per farci ammalare. Noi ci curiamo con le robe naturali, erbe, tisane, buone energie e cose del genere.

D'accordo, ha detto, e si è messo a studiarmi. Dopo un po' ha aggiunto: Sei delusa?

No.

No?

La mamma mi aveva avvertita, di non aspettarmi troppo. Non ti aspettare niente che è meglio, ha detto.

Ah, così.

Eh sì.

Era arrivato il cameriere. Lui mi ha detto di ordinare qualcos'altro invece del panino col prosciutto e le patatine.

Io ho detto: Posso ordinare quello che voglio?

Certo.

Allora prendo le lasagne al forno.

Va bene.

E poi alla fine un gelato, ma lo scelgo dopo.

Ok.

Ho detto: La mamma non me le fa mai mangiare, le lasagne, per non farmi troppo ingrassare.

E lui: Caterina?

Sì.

Hai delle domande? Ci sono delle cose che hai voglia di chiedermi?

Mmm… sì. Hai degli altri figli?

No. Insomma, non che io sappia.

No?

No.

E perché?

Oh… è che col mio tipo di vita mi sono lasciato trascinare dagli impegni… non me la sentivo di fare una famiglia. Sai, Cati, c'è un'età in cui gli uomini hanno molta paura dei legami, delle responsabilità, di perdere la loro libertà. Poi arriva il momento in cui hai sempre paura ma avresti anche voglia di perderla, la tua libertà, il tuo piccolo mondo. Lo capisci quello che dico?

Sì, ma è un peccato. Mi sarebbe piaciuto avere un fratello più grande.

Di', la mamma ha avuto molti fidanzati?

Un bel po', sì. Certi erano da ricovero, la mamma è una specialista di uomini sbagliati, lo diciamo sempre.

Senti una cosa, ti piacerebbe che ci rivedessimo ancora?

Un'altra volta?

Sì, nei prossimi giorni, o nelle prossime settimane, come vuoi.

Mi porterai in moto?

Non ho la moto.

Ho fatto un sospiro. A che serve un padre se non ha nemmeno una moto?

Dimmi una cosa, Caterina, non hai mai avuto desiderio di conoscermi?

Sai una cosa? ho detto io. Anch'io mi sono lasciata trascinare dagli impegni... ho veramente tantissime cose da fare, fra la scuola, le amiche, eccetera... ma è probabile che me ne sarei occupata, un giorno o l'altro.

4.

Con certe mie amiche andavo d'accordo, solo con le più pazze però, quelle con una situazione delirante come la mia. Poi c'erano i normali, e quelli li pativo e basta. E poi c'era un'altra cosa: le mie fissazioni. Quando mi beccavo una fissa addio, non c'era niente da fare, ci pensavo su, ci rimuginavo e se me l'ero messa in testa facevo di tutto per realizzarla.

Prendiamo la fissa che avevo per Yuri, detto dalla mia amica Ombretta The Best, cioè Il Migliore, Il Massimo, eccetera. Ecco, le prime volte che l'ho sentito, la sua musica, la voce e tutto il resto, mi piaceva abbastanza, poi l'ho risentito due, tre, quattro, cinquemila volte e quella voce che odorava di catrame mi faceva sentire tutta scombussolata. C'erano quelle parole che gli uscivano come uno sputo contro il mondo, mescolate a delle note che sparava fuori e ci sentivi dentro anche una specie di dolcezza, come qualcosa di bello o di romantico che era andato a male. Mi veniva in mente, per fare un paragone, una buona torta alla panna che si era irrancidita. Yuri me lo immaginavo uno che aveva dato tutto il suo cuore a una tipa e questa l'aveva schifato di brutto, e lui per consolarsi dalla sua disperazione cantava al mondo tutta quella lurida storia, il suo amore rancido e la sua rabbia. Ve lo giuro, quella sua voce avrebbe potuto spaccare tutto, e così io continuavo ad ascoltarlo e sentivo proprio questo, che lui con la sua grandissima sensibilità sbroccata prima o poi una cazzata avrebbe potuto farla sul serio. Se lo capivo! Insomma, lo sentivi che a lui non gliene fregava più niente della vita, né di sé stesso, né degli altri. Bum! Questo è Yuri, e con la Ombretta spesso passavamo interi pomeriggi a discutere di lui. E io, io ero innamorata fradicia! E lo sentivo dalla mattina alla sera, avevo recuperato e scaricato tutte le canzoni che potevo trovare, avevo cercato le sue foto e scritto sulla parete sopra il mio letto: YURI! Poi l'avevo scritto sullo zaino, sull'astuccio, sul mio banco, sulla porta della scuola, dappertutto.

Ogni tanto sparavo vicino al nome un cuore con mille pugnali a trafiggerlo. Ho trovato i testi di due sue canzoni, ho provato a tradurli, dato che non sono una bomba con l'inglese ho chiesto al prof se mi aiutava e mi ha aiutato, anzi, ha fatto quasi tutto il lavoro lui e poi ha detto che era contento di veder brillare per la prima volta un piccolo lume di interesse nei miei occhi per la sua materia che per me era come se non esistesse, insieme a tutte le altre materie scolastiche, devo dire. Eh già.

E così ecco che avevo la traduzione di due canzoni di Yuri. Ecco la prima:

Puoi strapparmi il cuore, baby,
puoi strapparmi la lingua,
puoi ficcarmi un trapano nelle budella, baby
io non smetterò di pensare a te,
non smetterò mai di amarti.
E se mi strapperai il cuore,
se me lo porterai via dal pettooooo...
il mio amore lurido,
il mio amore devastato,
il mio cuore tossico continuerà a battere per te,
baby, oh sì, oh sì...

Quando arrivavo a casa mi mettevo lì col foglietto della traduzione in mano, facevo partire il disco, poi chiudevo gli occhi e me lo assaporavo tutto. Devo dire che prima quando diceva amore lurido mi ero immaginata che dicesse altre cose. Baby lo capivo, certo, l'ho sgamato che stava parlando a una tipa che l'aveva fatto uscire di testa, sì, ma *amore lurido*, *amore devastato*, *cuore tossico*... cavolo! Non ci avrei mai pensato!

Che poesia, questa poesia è il top, se fosse sempre così la poesia e non come quella roba lagnosa, che sa di muffa, di minestrina delle suore e di naftalina, quella roba che usa le parole tutte coperte di ragnatele che ci insegnano a scuola! Se fosse così magari mi verrebbe voglia di studiare, mi verrebbe voglia di aprirli, i miei libri. E le cose andrebbero diversamente. E non mi sarebbe toccato di scappare di casa e andarmi a ficcare sempre nei casini, e poi litigare con mia madre e vederla disperata e sentirle dire che con me non sapeva come combattere, che non sapeva più come fare. Certo che ne ho combinate.

Comunque è grande, Yuri, è immenso, e io mi mettevo lì con gli occhi chiusi e me lo assaporavo tutto, naturalmente mi immaginavo che quelle parole fossero dirette alla sottoscritta, mi mettevo lì e a volte mi facevo tutto un film, quando andrò al suo concerto, quando verrà in Italia. Mi immaginavo di mettermi a fare la fila dal mattino presto tipo le cinque, riuscivo a piazzarmi sotto il palco, bene in vista, mi mettevo i miei jeans neri strappati, il chiodo con le borchie e le spille, i miei anfibi, e di sicuro lui avrebbe cominciato a lumarmi. E quando vedeva che sapevo tutte le sue canzoni a memoria, secondo me scoccava la scintilla, si innamorava di brutto, mi prendeva, mi portava via da qui e ce ne andavamo in giro per l'Inghilterra. Io lo accompagno nei suoi concerti, ci sballiamo e ci divertiamo di brutto, proprio così, ci saremmo sballati di brutto e saremmo stati innamorati persi, ma proprio una cosa dell'altro mondo.

5.

Invece, non sono mai scappata con Yuri. Mi è toccata la Titti, la principessa del pilates. E mio padre, che naturalmente non c'era mai. Stava in giro tutto il tempo per lavoro, diceva, e io quando non ero a scuola dovevo stare con questa Titti, e si è capito da subito che nessuna delle due avrebbe voluto avere l'altra tra i piedi. Ci siamo prese male dal primo giorno, e pian piano è stato sempre peggio.

Io me ne stavo lì allungata sul mio lettuccio e c'avevo i momenti di viaggio, non so se capite cosa voglio dire, me ne stavo lì allungata con un po' di musica sotto, una sigaretta, e viaggiavo e viaggiavo senza bisogno di un treno o di un'auto o di un aereo. Io ho questa cosa che mi sono inventata fin da piccola che mi immagino di non stare più lì dentro il mio corpo, mi immergo dentro di me e poi immagino di volare via lontano da dove sono, lascio tutte le cose brutte e mi metto a volare sopra la città, vedo i tetti delle case, vedo il fiume i boschi le montagne e me ne vado sempre più lontano. Finché non arriva qualcuno a rompere. Tipo la Titti, che apre la porta e mi fa il pistolotto che non va bene starmene lì a non combinare niente, col naso per aria, che invece ci sono molte cose che potrei fare, per esempio studiare, prima di tutto, poi rendermi utile in casa, che qui non viene mica la cameriera, eccetera. Quando mi vede lì allungata con la faccia stranita la Titti tira fuori la solita lagna: Io vorrei sapere cosa fai tutto questo tempo chiusa nella tua stanza, vorrei sapere che gusto ci provi! E io le dico: Viaggio nell'universo.

L'universo! fa lei, sensibile come un pollo arrosto. Cati, scendi fra di noi, per favore, vieni nella vita reale, dice.

Se la vita reale è quella che fa lei allora grazie, preferisco andare via con l'immaginazione e volare sui tetti delle case.

Vi descrivo questa Titti reale cos'è per farvi capire meglio. La Titti è una tipa alta e snella, coi capelli tinti di rosso e gli occhi verdi da gatta, il nasino rifatto che punta in su e le tette rifatte che spingono in fuori le sue magliette dai colori fosforescenti che la fanno sembrare un evidenziatore gigante. Lei ha questa palestra in centro di fitness e pilates e sta sempre lì a parlare della sua palestra, e dei suoi esercizi e dei suoi integratori alimentari. In casa ci sono circa tremila specchi e in cucina solo succhi di frutta, frullati, yogurt e germogli di soia. Spariti gli hamburger, i würstel, le salsicce, le merendine e tutto quello che c'è di più buono al mondo. Mi affamava, la megera. E mi bombardava di consigli per diventare più snella, più carina, per vestirmi in una maniera più femminile e pensare positivo. Pensare positivo, diceva, ti porta ad avere una vita splendida. Ok, le dicevo io, per non diventare troppo polemica. Splendida tipo la tua?

Lei allora muoveva la sua coda di cavallo e puntava un dito verso di me strizzando gli occhi, sembrava che mi volesse incenerire, da quelle due fessure verdi-giallognole usciva un distillato di odio purissimo e per fortuna sono un po' ciccia perché se non avevo i miei chiletti in più mi avrebbe incenerita sul serio, ci scommetto.

Così alla fine quando questa Titti apriva la ciabatta per spararmi i suoi consigli di vita e snellezza io ho capito che l'unica cosa era dirle ok e chiudermi dietro una porta blindata immaginaria. Risparmiavo energia. Insomma, secondo me lei con tutte le sue teorie del pensare positivo non aveva capito proprio un bel niente della sottoscritta, e poi come poteva pensare che mi andassi a fidare di una che ti guarda come se avesse di fronte un cassonetto di immondizia strabordante? Lo sentivo che mi vedeva come una buona a niente, una senza il minimo stile. Invece io un mio stile trovo che ce l'ho, e se qualcuno dice il contrario è perché non capisce niente. Come quelli che dicono che il punk è morto.

Io e la Titti viaggiavamo in due universi paralleli che non si incontravano mai. A quel punto, anche se non sono mai stata un'allegrona, forse mi sono chiusa ancora di più in me stessa, dietro quella famosa porta blindata che vi dicevo, e sono andata ancora più fuori. Ho fatto qualche cazzata. Tipo: ho menato dei compagni a scuola, ho spaccato il vetro del portone di casa a calci e sono scappata di casa due volte. Una notte ho dormito alla stazione coi vecchi ubriaconi. Così lei un giorno ha detto a mio padre che ero un'asociale, una disadattata, e che nella vita mi sarei trovata molto male. E l'ha convinto che dovevo vedere uno strizzacervelli. E questo mi ha fatto sentire ancora più strana, ancora più fuori. Uno scherzo della natura.

Mi hanno portato da una tipa del consultorio. Mi hanno detto che era una che si occupava di ragazzi problematici.

Problematica io? avevo chiesto. Stiamo scherzando?

Cati non essere subito così aggressiva, lei è una dottoressa che può capirti, ci fai una chiacchierata e forse le cose andranno meglio, aveva risposto l'insulso, mio padre.

Ne avevo parlato con l'Ombretta che mi aveva detto: Credo che sia una specie di assistente sociale. Ma dato che sei minorenne non ti possono mettere al gabbio, tranquilla. Aveva aggiunto: Io credo che l'assistente sociale ti spedirà in RIFORMATORIO.

Cosa vuol dire riformatorio?...

È tipo un centro dove stanno quelli che trasgrediscono la legge ma sono ancora troppo piccoli per finire in galera.

Eh, ma io non ho mica rubato o cose del genere.

Sì, ma hai fatto delle cazzate. Vedrai, vedrai.

La mattina che la Titti mi dice di pettinarmi per bene e di mangiare una caramella alla menta per non far sentire l'alito di fumo, quella mattina le ho chiesto: Ma è vero che mi mandano al riformatorio?

Ma no, ma cosa dici, Cati...

E allora chi è 'sta tipa del consultorio che devo vedere?

Una dottoressa, una psicologa.

Che cosa?

Una dottoressa, tu ci parli un po' e vedrai che lei capisce cosa c'è che non va.

Cosa vuol dire *cosa c'è che non va*?

Sì, perché sei così... così... fatta a modo tuo.

Be', andrebbe meglio se fossi fatta a modo tuo?

Lo vedi? Mi aggredisci sempre. Non ti si può mai dire niente che esplodi subito. O te ne stai lì zitta e muta a ingozzarti o esplodi!

Mi ha accompagnato in auto in centro e mi ha mollato davanti a una salita, Salita della Penitenza, si chiamava, niente male come segnale del destino. Mi ha detto di andare fino al cancelletto azzurro, lì dovevo chiedere di questa strizzacervelli. Mentre faccio la salita rimugino tra me, quella parola *psicologa* non mi piaceva per niente, non mi ispirava niente di buono, l'avevo sentita in qualche film e mi faceva venire in mente matti legati con la camicia di forza, persone che si cacano addosso, vecchi inebetiti lasciati marcire in celle luride o legati ai letti, e mi sa che non sono andata troppo lontano.

Entro e vedo una stanza spoglia con dei manifesti sui muri che raffigurano bambini piccoli e madri con la pancia che li tengono per mano. Nella stanza ci sono delle sedie di plastica verdolina appoggiate ai muri e un tavolino con degli opuscoli sempre sul tema donne con la pancia e bambini. Io mi siedo e prendo uno di quei volantini che parlano di PREVENZIONE DELLE GRAVIDANZE INDESIDERATE, poi do un'occhiata alla porta coi vetri opachi da dove sento arrivare un suono attutito di voci di donne. Di colpo una tipa apre la porta e fa uscire una ragazza che deve avere la mia età, quindici anni al massimo, con un pupo vero fra le braccia di pochi mesi, e io la guardo e le sorrido con un sorriso da stronza, le sorrido come per dire: Ah! non stiamo messe molto bene quanto a prevenzione delle gravidanze, eh!

Mentre incrociamo gli sguardi noto che la tipa col pupo in braccio ha gli occhi rossi, mi sa che 'sta qua, 'sta psica le ha fatto versare lacrime amare. E ora tocca a me.

Lei è una tipa magrina, con i jeans e una camicetta giallina. Mi dice di accomodarmi e io entro e mi piazzo su una sedia davanti a una scrivania piena di fogli, libri, carte su carte e una specie di sculturina di bronzo con una tipa leggiadra che ha le braccia piene di fiori. La strizzacervelli si siede anche lei sulla sua sedia, dall'altra parte della scrivania, e mi fa: Allora, come andiamo Caterina?

Dice io come sto?

Sì,

Oh, bene.

Bene, cosa mi racconti, Caterina? fa mentre dà un'occhiata a un paio di fogli che forse la stanno introducendo alla mia vita assurda.

Cosa le racconto? Ma è la prima volta che la vedo...

Se vuoi, fa lei...

Se voglio! In pratica, mi hanno detto che se non venivo qui le cose si mettevano peggio.

Cos'è successo? Ti va di dirmelo?

Ho pestato un paio di tipi a scuola, mi capita di pestare qualcuno ogni tanto, e poi ho sfasciato il portone di casa con un calcio, sono volati vetri dappertutto, certe volte mi scappano le mani, vanno per conto loro e fanno danni, dico io, cercando di dire una battuta simpatica.

Lei non ha proprio l'aria di morire dal ridere. Dice: Anche i piedi, direi. E poi? insiste.

Poi sono scappata di casa.

Sì?

Sì, e sinceramente non vedo a che cosa serve venire qui, sedermi sulla sedia e parlarne con lei.

Come mai pensi così?

Perché tanto sono un fallimento in tutto, come mi dice sempre la Titti. E se sono un fallimento in tutto, mi sa che anche questa roba qui fallisce. Mi sa che lei non è capace di aggiustarmi la capoccia, dottoressa.

Forse se cominciamo a chiacchierare, se mi racconti qualcosa di te, liberamente, posso darti una mano.

Mmh…

A me non piace l'idea di aggiustare la tua testa, sai, non credo che le persone si rompano come degli oggetti e non credo che ci sia niente da aggiustare.

Eh?

Hai capito?

Non molto. Ma allora perché sono qui, dottoressa?

Se vuoi puoi chiamarmi Valentina, e puoi darmi del tu.

Ok, Valentina, però senti, mi sembra un po' tutto un delirio.

Che cosa?

Be', tutto...

E come va con gli amici? Hai delle amiche?

Sì, ho la mia amica, quella deficiente della Ombretta sarebbe la mia migliore amica, diciamo così, ce la contiamo sempre su, e lei ogni tanto viene da me, perché la sua vecchia trinca e a casa sua è un vero bordello...

Vuol dire che la madre della tua amica beve?

Oh, sì, e parecchio, beve di brutto e la mena, dà di matto, la sua vecchia!

E tu come ti trovi a casa tua?

Vedi, il fatto è che non mi stanno molto simpatici, né mio padre né la Titti, devo dire, mi sembrano dei grandi ipocriti, più che altro, e sanno solo darmi ordini, consigli, sanno solo criticarmi e minacciarmi, non si sta bene a vivere così, non ti pare?

No. Senti, e cosa ne dici di me?

Cosa?

Anch'io ti sembro un'ipocrita, una che può solo dare ordini e consigli?

Be', non ti conosco abbastanza per dirlo.

No?

Però a occhio e croce, se non ti offendi...

Dimmi.

Non è che mi stai troppo simpatica.

E mi puoi dire perché?

Mah... che ne so...

Coraggio, dimmi pure quello che ti viene in mente, non mi offendo.

Non ti offendi, sul serio?

No, sul serio.

E cosa sei, tipo di gomma, che ti rimbalza tutto?

Be', diciamo che fa parte del mio lavoro, ascoltare quello che passa per la testa delle persone. Non posso offendermi per quello che passa per la testa di chi viene qui da me, ti pare?

Boh, contenta tu...

Allora?

Non è che poi lo vai a dire alla Titti e ai prof, che quelli mi aprono ancora peggio?

Caterina, diciamo subito una cosa: quello che dici qui resta fra me e te, non andrò mai a riportarlo in giro.

Sicuro?

Sicuro, è così che funzionano le cose nel mio lavoro.

Be', allora quando è così... quello che ho pensato vedendoti è che di sicuro tutto questo non mi servirà a un cacchio, non ci capirai un cacchio di me, ti romperò solo le balle come le rompo a tutti e alla fine anche tu sarai scontenta di me e non vedrai l'ora di scaricarmi. Magari mi spedirai dritta in un manicomio per quelli sballati come me...

E perché la vedi così male?

Male? È che sono un caso disperato, te l'ho detto. Uno scherzo della natura.

Ah ah ah, è scoppiata a ridere lei. Non ho capito cosa c'era di tanto divertente. Doveva ridere prima, all'altra battuta, non a questa.

Dunque! ha esclamato con un tono da "tiriamo fuori energia positiva", e io ho sperato che non fosse un'amica della Titti, che non attaccasse a parlare di pilates anche lei.

Dunque, Caterina...

Che ne dici, allora? ho chiesto io che friggevo per sapere il verdetto, se mi spediva al riformatorio. Mi mandi da qualche parte? Tipo riformatorio?

Lei ha sorriso di nuovo, ha tutti i denti in bocca e gli occhi chiari, azzurri come un cielo nelle mattine di primavera, mi sembra quasi di sentire gli uccellini cinguettarle intorno, ma non mi fido, secondo me devo stare attenta, perché la fregatura qui potrebbe essere dietro l'angolo.

6.

Il giorno dopo, a casa con la Titti, le cose non sono migliorate. Quando torno da scuola lei mi prepara un piatto tipo risotto ai funghi, io lo so che è la roba surgelata che preparano tutti quelli che non hanno voglia di farsi da mangiare, non c'è niente di male, ma lei mi dice che ha cucinato quel piatto per me e che ha trafficato *ore* in cucina. Io non voglio spargere subito zizzania e dirle che non è vero, che mica sono scema. Lascio correre, poggio lo zaino coi libri di scuola nel corridoio e mi metto seduta al tavolo e poi pian piano mi spazzolo tutto il piatto e chiedo se ce n'è ancora, lei fa segno di sì con la testa e io me ne sbafo un altro piatto. Quando ho giustiziato anche quello, apro il frigo e ci trovo il prosciutto cotto e un pezzo di groviera. Trangugio un paio di fette di prosciutto e due tocchi di formaggio con una rosetta, e la Titti mi dice di non esagerare, che sto ingrassando come un porcello, e poi chiede com'è andata a scuola. Io grugnisco qualcosa, poi cerco di cambiare discorso, dico: A che ora vai a lavorare oggi pomeriggio?

Oggi vado alle cinque.

Ok, dico, io vado a fare un giro.

E i compiti?

Non abbiamo tanti compiti.

Com'è che non avete mai tanti compiti?

E comunque li faccio stasera, dopo cena.

Sempre dopo cena, io credo che sarebbe meglio studiare di giorno, con la mente fresca, no?

See, la mente fresca.

Vabbè, speriamo bene, speriamo che qualcosa tu nella vita riesca a combinarla.

D'accordo. Poi chiedo: E papà?

È fuori, è uscito stamattina, non so quando rientra, forse sabato.

Ok, faccio io mandando giù l'ultimo boccone di groviera inserito fra due pezzi di rosetta croccante. Quando ho la pancia piena mi sento bene perché quella cosa non la sento. Parlo della sensazione che mi viene a volte nello stomaco, e in gola, una specie di vuoto che però mi soffoca, come delle nuvole nere che mi viaggiano dentro, oppure un temporale che scoppia nella mia testa. Deve essere la paura, mi sa. Come una paura che nella mia vita non succederà mai qualcosa con un po' di luce dentro, qualcosa di bello. Per bello intendo mica chissà che, intendo tipo quando ero nella mia vecchia casa che ho lasciato e aspettavo mia madre che rientrava dal bar dove lavorava. O anche quando guardavamo insieme un film alla tele e lei faceva i suoi commenti divertenti e dopo me ne andavo a letto e mi sparavo una buona dormita. Senza svegliarmi di colpo come faccio adesso, nel cuore della notte quando è tutto buio e la casa è silenziosa e vedo solo le lancette fosforescenti della sveglia che si muovono lente.

7.

Con la psica Valentina ci siamo viste ancora un paio di volte, mi sono messa a pensare a quello che diceva lei. Che avevo delle cose che potevo dire al mondo, che avevo delle cose che potevo esprimere col disegno, i colori, oppure anche con le parole, in un diario, eccetera. Il fatto è che quello che mi veniva da fare era solo spaccare tutto, sentivo una forza bestiale che mi partiva da dentro e non mi faceva capire più niente. Oppure pensavo ancora a scappare di casa.

Lei ha voluto sapere perché pensavo sempre a fuggire via. Le ho detto che a volte c'erano dei momenti che mi pentivo di essere quella che sono, che mi prendeva anche la vergogna per sentire le cose così, come le sento io, e per essere fuori come un balcone. E allora meditavo di scappare un'altra volta, con l'autostop. La sera avevo già preparato il mio zainetto e gli anfibi vecchi, quelli più comodi, e la giacca a vento che mi aveva regalato mia madre. Mica gliel'ho detto, alla psica.

Ma quando sei sulla strada non hai paura dell'ignoto, di quello che può succedere? mi ha chiesto lei.

Chi, io? No, le ho detto, e mentre le dico così mi rivedo l'ultima volta che sono scappata con l'autostop. Quando sei lì per strada col pollice alzato c'è qualcosa di esaltante, perché so che mi potrebbe capitare di tutto, so benissimo che possono succedermi anche storie orribili, che ci sono in giro maniaci e gente assurda di ogni tipo, ma io sto attenta. Mi piace starmene lì ferma e sentire passare il traffico, specie quando sfrecciano i grossi camion che creano uno spostamento d'aria che sembra risucchiarti fra le loro grandi ruote. In quei momenti è tipo come la pesca miracolosa al lunapark, tiri su il pollice e aspetti di vedere cosa becchi, chi si ferma. Se si ferma un tizio da solo, diciamo sui trenta, quaranta, è sempre pericoloso, può essere che ti carica e comincia a guardarti le gambe, a dare un'occhiata alle tette per vedere come stai messa, e comincia a chiederti cose come perché non sei a scuola, ti piace studiare, vai d'accordo coi tuoi, eccetera e intanto vedi benissimo che non gliene può fregare di meno delle tue risposte. Se sono un paio di maschi semaforo rosso, non salgo mai, mi danno ansia, non sai mai cosa può succedere con due maschi che ti tirano su. L'ideale sono le coppie di vecchi, un uomo e una donna vecchi. Questi prendono subito l'aria da nonnini, si preoccupano di sapere perché in una giornata fredda stai sul ciglio di una strada a fare l'autostop. Poi ci sono i buchi di tempo, cioè quando non si vede nessuno, nessuna auto che passa, e la strada è vuota e di colpo mi sembra che fa ancora più freddo e che sono rimasta sola al mondo, tipo che tutta l'umanità è sparita, scomparsa per un disastro. Allora sì, mi manca la mia cameretta, mi manca perfino la Titti e le robe surgelate che fa da mangiare, ma lo stesso non voglio tornare a casa. Perché mi tornano in mente le nostre litigate, le minacce o la faccia da scemo di mio padre che sta sempre dalla sua parte e mi dico no, meglio morire congelata qui sulla strada che tornare indietro. Allora mi metto a pensare una fantasia, mi immagino che in macchina passa un ragazzo troppo carino, proprio da stenderti secca, e anche molto gentile, e mi carica. Poi mi fa delle domande, gli interessa quello che dico, non chiede tanto per fare, no, questo tipo gentilissimo e bellissimo mi dice che sta andando a Londra, e se voglio posso andare con lui fino a Londra e ci spariamo tutto il viaggio fermandoci a vedere le città più famose d'Europa, e quando siamo a Londra poi lui ha dei biglietti per il concerto di Yuri e anche di altri gruppi punk. E diventiamo amici sul serio nel nostro viaggio e ci facciamo qualche birretta, qualche cannetta e poi alé, magari nasce qualcosa di più. A Londra viviamo liberi, da amici che si vogliono bene, e ci facciamo anche le storie che ci girano, sempre uniti e anche proteggendoci se ci cacciamo in qualche guaio.

Do un'occhiata alla Vale che è lì che mi osserva con la bocca mezza aperta.

Non ho scelta, Vale, lo capisci che una come me non ha scelta, le dico, io devo andarmene da casa. Lo so che così non migliorano le cose, ma non ce la faccio, se rimango penso che potrei fare qualcosa di peggio.

Qualcosa di peggio?

Sì, tipo quella volta che mi sono inciuccata con la birra e sono rimasta tutta la notte sbronza ai giardinetti davanti alla scuola.

8.

Una sera la Titti andava in giro per casa mezza nuda facendo avanti e indietro fra il bagno e la camera da letto, canticchiava una canzone che diceva: sì sì domani mi amerà, mi amerà mi amerà... Era tutta allegra, coi suoi capelli rossi appena lavati e gli occhi verdi che sembravano ancora più verdi truccati con molta cura. Indossava i suoi pantaloni più sciccosi, aderentissimi, di un colore argentato, e una camicetta nera stretta in vita che metteva in risalto il suo corpo perfetto.

Ciao cara, mi dice, io esco, se hai fame ho comprato degli hamburger di seitan e degli yogurt magri.

Grandioso, dico io, dove te ne vai?

Lei fa: Ho una cena di lavoro, una cena importante, devo incontrare dei finanziatori per la mia palestra, sai, ho intenzione di espandermi, noi donne dobbiamo puntare al successo! Dobbiamo mirare ad avere il mondo ai nostri piedi!

Ok, dico io.

Be', io vado.

Ciao.

Senti Cati, sarebbe troppo sperare che qualche volta, in futuro, tu mi risponda con una frase intera?

D'accordo.

Io lo so che sei triste quando la sera rimani in casa da sola, ha detto, e ha fatto finta di interessarsi a me per un decimo di millesimo di secondo, mi ha anche passato un braccio rigidissimo attorno alle spalle, tenendo il corpo lontano, come se quel braccio fosse venuto avanti da solo e non avesse nessuna intenzione di fare il lavoro sporco che gli toccava.

Ha detto ancora: È una serata di lavoro, per me è importantissima e potrebbe esserlo anche per te.

Per me? ho detto io, aprendomi un pacchetto di patatine che avevo preso al negozio sotto casa prima di salire.

Certo, perché tuo padre, sai, non è che guadagni cifre da capogiro... Sai com'è fatto, non è abbastanza aggressivo, nel senso positivo, non si sa imporre.

No, a dire il vero non lo so com'è fatto, ho detto io. Non è che bazzichi molto da queste parti.

Ecco, vedi, allora mi dai ragione, la pensi come me, tuo padre non è che si spenda molto per noi…

…

E io, sai, devo mantenere la mia autonomia economica, anzi, a dirla tutta avrei proprio deciso che voglio fare molti, moltissimi soldi! Faccio delle meditazioni spirituali per ricevere tutta l'abbondanza di cui ho bisogno! Dovresti farle anche tu, tesoro!

E dunque?

E dunque esco. A più tardi, carina. Ah, senti, fammi un favore, ho messo nel ripostiglio tutta una serie di cose vecchie che sono arrivate qui quando hai traslocato: credo che ci sia molta roba inutile che possiamo buttare.

Come, roba inutile? C'è tutta la mia roba, e i ricordi di mia madre!

Va bene, dacci un'occhiata, e quello che non vuoi buttare portalo in cantina, per favore. L'appartamento è piccolo e lo spazio è prezioso.

Sulla porta mi ha soffiato un bacio con la mano come se fossi lontana due chilometri da lei invece che a due passi ed è uscita. Da quando vedevo la psica aveva preso a chiamarmi tesoro o gioia o carina. Aveva preso a parlarmi coi nomignoli. E tutto questo, unito al solito gelo che emanava, mi atterrava ancora di più.

Sono rimasta in cucina, mi sono scaldata in una piccola padella un sofficino con funghi e mozzarella che ho recuperato nel frigo, ho trovato anche l'insalata già lavata nella busta e poi ho spazzolato pure un paio di yogurt magri.

Dopo sono rimasta lì a guardare fuori dalla finestra mangiandomi l'unghia del pollice. Era una serata piovigginosa e fredda e non avevo voglia di mettermi a rovistare fra gli oggetti della mia vecchia vita. Sono rimasta un po' di tempo a fissare i fari delle auto che passavano e le luci dei lampioni, poi ho provato un senso di solitudine ancora più forte. Ho detto fra me e me: Mamma, se ci sei ancora da qualche parte nell'universo mandami un segno, fammi capire qualcosa che mi può dare una mano, qui le cose sono davvero troppo pese. Sono rimasta lì con la fronte appoggiata contro il vetro freddo della finestra, col cuore che batteva veloce e mi sembrava che spingesse sulle costole per uscire. Ho toccato il ciondolo della mia collana, una pietra bianco-azzurrina trasparente a forma di mandorla che mi aveva regalato mia mamma, diceva che era una pietra lunare, un pezzo di luna caduta sulla Terra, e mi avrebbe portato fortuna. A quanto pareva con me non funzionava granché.

Sono rimasta ad ascoltare i rumori della casa e quelli attutiti che arrivavano dalla strada. Non è successo niente.

A quel punto mi sono fatta forza e sono andata ad aprire un paio di cartoni che Titti aveva chiuso nello sgabuzzino come delle vecchie scope da nascondere. Ho aperto la prima scatola e sono venuti fuori i miei pattini di quando ero alle elementari, qualche vestito e un paio di cappellini di quando ero una pupetta, che mia madre aveva tenuto come ricordo. C'erano anche dei libri di favole e storie che mi piacevano, tipo il *Brutto Anatroccolo*, *Hänsel e Gretel* e *Piccole donne*, erano consumati sui bordi, con qualche macchia sulle copertine. Li ho stretti al petto come se stringessi la piccola Cati che ero stata. Poi c'erano due plaid di lana, uno scozzese e l'altro rosso: anche quelli erano pieni di memorie. Mi ricordo di quando avevo l'influenza e lei me li metteva addosso e stavo sul divano a guardare la tele. Tutti quegli oggetti erano come dei frammenti di un'antica me stessa. Li guardavo e mi dicevo che anche se non ci pensavo tutto il tempo mia madre mi mancava da matti. Quella sensazione era come una lunga frase scritta con l'inchiostro invisibile sul mio cuore e su tutto il corpo, non si vedeva ma c'era, era lì, e bastava poco per farla uscire.

Verso le dieci decido di cominciare a portare il primo scatolone in cantina. Faccio i tre piani di scale e apro la porticina di fianco al portone. C'è un odore di polvere e muffa che mi viene incontro, fuori ci sono i lampi e i tuoni che continuano e io per farmi coraggio canto, non una canzone con le parole, ma un motivo a bocca chiusa. Scendo la piccola rampa di scalini stretti e di colpo sento un brivido di paura nella schiena, perché ho visto qualcosa muoversi vicino alla porta della nostra cantina.

9.

Accendo le luci, che non illuminano molto, e vedo che quel qualcosa è un essere umano. Mi avvicino: è una donna. È piuttosto grossa, con un gran petto, delle braccione e dei gran fianchi, porta dei jeans con la pettorina e una felpa rosa col cappuccio tirato sulla testa. Intravvedo sotto il cappuccio i capelli scuri striati di grigio, raccolti in un paio di trecce. Ha le guance rotonde, gli occhi chiari, è sui cinquanta o sessant'anni e sta fumando una cicca, tranquilla. Intorno a lei sono disposte una serie di bottiglie vuote, di birra e di vino, e poi dei sacchetti, piccoli, grandi, di tutte le dimensioni, alcuni pieni di giornali, e poi borse di tela e di plastica piene di non so cosa tutt'intorno. Si è piazzata bene, ha l'aria di chi ha trovato un buon posto dove stare e ne ha fatto la sua tana. Sta lì seduta e fuma, con le sue trecce, la sua felpa rosa e il suo corpaccione. Ho idea che mi abbia sentito arrivare e non gliene importi niente, come una che ha dato un taglio da parecchio tempo alla vita cosiddetta normale e tutto quello che le importa si trova intorno a lei, quello che chiede alla vita è di essere lasciata in pace per poter andare avanti a bere e a fumare per i fatti suoi.

Dico: Ehi, che ci fai qui? Chi sei?

Ah, sei tu! Finalmente! mi fa lei senza scomporsi. Ha la voce rauca di chi ha passato la maggior parte della sua vita piazzata dentro un bar o seduta su una panchina dei giardini pubblici a fare quello che sta facendo adesso, perdere tempo, fregarsene dei doveri, degli altri e di tutto il resto.

Come, *sono io*? Ci conosciamo noi due? chiedo, e intanto mi arriva il suo odore, che non è dei migliori: distillato purissimo, vera essenza di barbona sbevazzona.

Sì, credo di sì, io ti conosco da un bel po', mi fa, e poi scoppia a ridere, un bel sorriso allegro sparato che mi mette un'allegria insensata per qualche secondo, anche se tutto questo buonumore non mi sembra appropriato alla circostanza. Forse mi sta prendendo in giro.

Ma io no, non ti conosco, chi sei? dico con aria seccata, e mi avvicino per vederla meglio. Ha una faccia tonda da luna piena, le guance rosse, e un paio di occhi leggermente a mandorla, fra l'azzurro e il verde. Sono occhi belli, con qualcosa dentro, come delle scintille di luce o di vita che resistono nonostante tutto. Anche se tutto il resto ha l'aria scassata, ha l'aria di una vecchia auto abbandonata da anni in un parcheggio dove si sono depositate tonnellate di polvere e sporcizia, gli occhi di questa donna sono dolci e vivi. Non so perché ho pensato a mia madre, non le assomiglia per niente.

Anche se questa donna non è niente male, le dico: Se riesci a smuovere il tuo culone da lì io infilo questa roba dentro la mia cantina e me ne rivado. Anche tu però dovresti andare via da qui, sai? Mica è casa tua, questa (a volte mi succede, che tratto male anche chi mi piace).

Oh oh oh… casa tua, casa mia… oh che bella casa, tutta tirata a lucido… Hai pulito la cucina? Hai strofinato tutto per bene? I pavimenti? Sono lucidi i pavimenti? Mettiti il golfino che prendi freddo… oh oh oh… prrrrrrr… Fa una pernacchia e scoppia a ridere. Sta imitando la Titti, non ci posso credere!

Poi tira giù un sorso dalla bottiglia e continua: E adesso lei non vi preparerà più niente. Andatevene al diavolo! Andate a ramengo! dice continuando a ridere, e alla fine alza la bottiglia come per un brindisi generale, al muro, alla porta della cantina di fronte, forse al mondo.

Salute! le dico.

Salute, dice, e al diavolo le case, i pavimenti lucidi e la gente che rompe le balle!

Ok, dico.

Brindiamo!

Sì d'accordo, però adesso ti devi spostare, sennò chiamo i carabinieri, aggiungo. Non sono fiera di quello che sto dicendo, ma sono stanca e voglio sbrigarmi a lasciare le vecchie cose della mia vecchia vita in cantina.

Ooooh... ma che caramba e caramba, dai, andiamo, piccin. E poi mi hai chiamata tu, non te lo ricordi?

Sì, certo, come no! Senti, sbrigati per favore, devo lasciare giù queste cose, e devo ancora lavare i piatti.

Povera piccin... e tua mamma non c'è?

No, mia mamma non c'è più, in compenso c'è la Titti, che mi odia.

Ossignur! fa lei. Senti, ora ci sono qua io.

Ok, allora sono a posto!

Ooooh proprio così... Senti, mi raccomando, piccin, non fare altri guai. Non combinarne più, potrebbe essere pericoloso.

D'accordo, ma ora alzati di lì, ho detto.

Lei fa un tentativo di spostare il suo culone, ma non ci riesce. Ricade giù, perde l'equilibrio e rotola su un lato travolgendo le bottiglie vuote e i sacchetti.

A questo punto mi sposto, vado dietro di lei, l'afferro sotto le ascelle e cerco di trascinarla davanti alla porta di fronte. Sposto lei e tutte le sue cianfrusaglie, poi apro la nostra porta. Accendo la luce e mi faccio largo fra un vecchio armadio, due comodini, una lampada e una rete. Ci sono anche degli attrezzi da giardinaggio arrivati al capolinea. Metto giù la mia scatola con un bel po' di magone e poi richiudo la porta. Le dico: Va bene, senti, puoi restare qui per stanotte, tira una brutta aria fuori, piove e fa freddo, ma domani vai via, domani torno a controllare, sai. Non ce la voglio, una barbona nella mia cantina.

La mia cantina, ripete lei con aria sbruffona; mi fa il verso, questa matta. Chissà come si finisce a vivere in questo modo, mi chiedo. Comunque ho già i miei cavoli a cui pensare, ho già tutti i miei guai e non ho voglia di accollarmi anche la sua vita triste.

Be', ti saluto, le dico.

Lei mi fa: Carina la pietra che hai al collo.

Io mi tocco il ciondolo, dico: Sì, mia mamma diceva che era un pezzo di luna che è caduto sulla Terra, diceva che è sempre appartenuta alle donne della nostra famiglia. Ma credo che l'avesse comprata su una bancarella, o forse l'aveva trovata sulla spiaggia. La mamma si inventava sempre un sacco di storie, aveva una gran fantasia.

È veramente bella! fa lei, e mi guarda dritto negli occhi come se all'improvviso non fosse più persa. Mi guarda come qualcuno che è perfettamente a posto e che ti scruta fin dentro il cuore.

Come ti chiami? Ce l'hai un nome? le chiedo.

Oh sì che ce l'ho un bel nome! Mi chiamo ANDATE TUTTI A RAMENGO!

Ah, niente male, ti sta benissimo, ti calza a pennello. Be', buonanotte, stammi bene.

Prrrrrr, mi fa la signora, una specie di superpernacchia con la lingua di fuori. Non so se mandarla al diavolo o scoppiare a ridere.

Le giro la schiena e mi avvio verso le scale. Lei mi fa: Ehi, piccin, non ce l'avresti qualche spicciolo? Qualcosa per me?

Sì, così vai a prenderti dell'altra roba da bere?

Lei mi guarda con l'aria di una cucciolona che chiede ancora una carezza alla mamma e dice: No, mi comprerò qualcosa da mangiare, sono tre giorni che digiuno.

Porca vacca! penso io, e poi traffico nelle tasche del giubbotto e trovo due biglietti da cinque euro. Mi servivano per comprarmi qualcosa da mangiare domani a scuola. Però forse posso arrangiarmi con la frutta che ho visto in casa. Questa matta non riesco a lasciarla qui così. Forse li spenderà per bere, ma non riesco ad andarmene. Le allungo i due biglietti, dico: Tieni, dovevo comprarmi la merenda per domani, ma forse tu ne hai più bisogno.

Lei mi spara un sorriso dolcissimo, dice: Grazie, piccin! Sei carina! Sei generosa.

Ok, dico e mi avvio verso le scale. Sento di nuovo la sua voce che mi dice: Ehi, a proposito, io mi chiamo Seraphine. È un nome francese. Se hai bisogno, chiama!

Ok, certo. Stammi bene, Seraphine.

Un'amica barbona in cantina: ci mancava proprio alla mia bella vita.

10.

Al mattino sono andata a scuola, e prima di rientrare in casa, verso l'una e mezza, ho deciso di fare un salto in cantina, giusto per vedere se la barbona aveva sloggiato o stava ancora lì.

Mentre scendo le scale qualcosa mi dice che la ritroverò davanti alla mia porta come la sera prima. E infatti eccola lì, in mezzo alle sue cianfrusaglie, proprio come l'ho lasciata. Sta rovistando dentro una delle sue borse e borbotta qualcosa per i fatti suoi. La sento dire: Oh porca miseria! Oh porca miseria! Povera me, povera vecchia Seraphine!

Buongiorno, le dico. Lei fa un salto e si gira a guardarmi come se l'avessi spaventata, ma c'è qualcosa di finto, di calcolato nei suoi modi: non so perché, mi sembra che stia recitando.

Ah, sei tu! mi fa. Mi hai spaventata. Vieni,

vieni, siediti, mi dice, come se fossi entrata in casa sua. Non solo, come se fossi arrivata in un gran castello, e mi fa accomodare e tutto quanto. Roba dell'altro mondo.

Resto in piedi vicino a lei.

Allora cosa mi racconti di bello, piccin, mi chiede, sei andata a scuola?

Cosa ti racconto, niente, la solita roba. E tu come mai sei ancora qui?

Oh santo cielo! fa toccandosi una guancia con la mano, un gesto da gran dama, di nuovo, che unito al viso sporco, alle treccine, alle tettone e alla pancia che si ritrova mi fa venir da ridere.

Eh... dico io, proprio santo cielo, comunque senti, eravamo d'accordo che sloggiavi, invece si capisce che non hai nessuna intenzione di andare via.

Senti, piccin, oggi me ne vado, ma sai, volevo stare ancora un poco qui, volevo rivederti!

Ah, questa è bella: sei stata qui perché mi volevi rivedere?

Sì, sì, proprio così! fa lei, e si batte una mano sulla coscia.

Ecco, ora mi hai rivisto, e direi che puoi andartene.

Non so perché ho così fretta di mandarla via, forse ho paura di diventare troppo gentile o di affezionarmi, ho paura che poi finirei per dovermi occupare di lei.

Un momento, dice lei.

Eh? Cos'altro vuoi?

Un momento, aspetta un momento. Tu sei stata dolce con me ieri sera, mi hai fatto rimanere qui e mi hai dato anche dieci euro. Io voglio ringraziarti a modo mio, voglio farti un bel regalo.

Un regalo!

Sì, proprio così, carina.

Sentiamo, cos'hai da regalarmi? Un topo? Un mozzicone di sigaretta?

Eh eh eh. No, ho qualcosa di meglio da offrirti.

Sentiamo.

Io ho da offrirti un segreto della vita. Una cosa preziosa. Voglio insegnarti a fare dei miracoli!

Eh?

Sei sorda, piccin? Te le sei lavate le orecchie stamattina? e scoppia a ridere facendo ballare la pancia.

Un bel segreto della vita! Tu?

CERTO! E non gridare con me, non lo sopporto.

Ok, dico, piuttosto confusa.

Allora?

Ok, spara, sentiamo questo segreto per fare i miracoli.

Eh, mica è una robetta così sai. Stiamo parlando di una cosa importantissima! Una di quelle cose che i grandi cervelloni ci si spremono le meningi da un sacco di tempo, sai.

Sì, e tu sei stata più sveglia di tutti i grandi cervelloni e ci sei arrivata per prima.

Ah ah, potrebbe darsi! Potrebbe anche darsi.

Sì, ok, e com'è allora che sei finita così, a vivere in una cantina?

Be', prima di tutto io non vivo sempre così.

Sì lo so, starai un po' qua un po' sotto i ponti, giusto?

Stupidina. Io una casa ce l'ho, sai.

Ah sì?

Certo, una bella casa grande.

E com'è che sei finita da queste parti?

Ecco, avevo voglia di incontrarti!

Ma che dici?

Sì, è così!

Mi sento sempre più confusa: perché questa donna aveva voglia di incontrarmi se non ci siamo mai viste prima? Penso che mi stia prendendo in giro, per confondermi. Dico: Senti, Serafina, ti chiami così, giusto?

Seraphine, è francese, fa lei con un accento elegante che suona così strano qui in cantina.

Senti, non voglio offenderti, però non mi viene molto da crederti.

Sì lo so, lo so, però so anche che tu hai un dono: sai vedere al di là delle apparenze. Questo lo so!

Eh?

Ma insomma, sei diventata sorda? Perché devo ripeterti sempre le cose due volte? Dunque, facciamo così, lo so che non sei molto allegra, so che le cose non vanno alla grande per te. Allora io ti do un esercizio, una specie di compito da fare quando ti svegli al mattino, prima di tutto, prima di fare quello che fai normalmente... a proposito, che fai di solito quando ti svegli?

Che faccio? Mah, non so, sono stravolta, in genere. Apro gli occhi e dico: Oh no, una nuova giornata, la scuola, le menate, i mestieri, le litigate con la mia pseudomatrigna... ecco.

Ci avrei scommesso!

Brava.

Allora?

Allora cosa?

Allora sei disposta a seguire le mie istruzioni?

Sentiamo.

No, non sentiamo. Ragazzina, se ti do queste istruzioni devi seguirle, sono molto importanti, non è che ti regalo queste cose e tu le butti via, fa lei, e intanto apre una lattina di birra e ne tracanna un bel po': se la sta scolando tutta d'un fiato, la vecchia strega.

Sei un fenomeno, le dico.

Sì, lo so, me l'hanno detto spesso.

Allora? Cerco di riprendere il filo del discorso. Voglio liberarmi di lei. Voglio che non mi faccia più pena, che sparisca.

Allora cosa, ragazzina?

Senti, io adesso devo andare a casa, ho un mucchio di robe da fare, me lo dici quello che volevi dirmi?

Che cos'è che volevo dirti?

Ho capito, mi stai prendendo in giro. Io vado, eh. Quando ritorno, ultimo avvertimento, se ti trovo ancora da queste parti chiamo qualcuno, dico, e faccio il gesto di telefonare con la mano.

Va bene, ecco qui la prima dritta per te: apri bene le orecchie, dunque...

A questo punto rovescia indietro la testa e

chiude gli occhi come per ascoltare un suono lontano, qualcosa che le sta parlando, e poi dice: Stammi bene a sentire. Appena ti svegli, appena apri gli occhi, fai un bel respiro profondo, fin giù nella pancia, anzi, fanne due o tre, senti la pancia che si alza e si abbassa, l'aria che entra, concentrati sul fatto che stai respirando, dunque sei viva, ti rendi conto? Che cosa pazzesca, essere viva! Io non ci posso pensare senza commuovermi, senza mettermi a saltare!

Non ti ci vedo, a saltare.

Silenzio, piccola. Allora, senti questo incredibile fatto che sei viva, che stai respirando, e poi ringrazi.

Chi?

La vita.

Che cosa?

Ringrazi la vita, l'universo e la Dea, perché ti sostiene per un'altra giornata. E in una giornata possono capitarne tante.

Io le so già tutte, le cose che possono capitare in una giornata.

Ah, che stupidaggine! Poi ripeti dentro di te questa frase: Io, seguendo le strade che hanno un cuore, posso fare dei miracoli! Io ho il Potere!

Non resisto: rido.

Ah ah ah, mi fa il verso lei, poi smette e mi guarda severa, con una specie di lampo di rabbia negli occhi verdiazzurri. Cosa c'è da ridere? dice.

Ma dai, ma cosa sei, una fata?

...

Cosa vuoi fare, le magie con me? Il tempo delle fiabe per me è finito da un pezzo.

Perché, ti sembra che abbia l'aspetto di una fata?

Ah, no, direi di no. E poi penso: di una strega, forse. Ma non lo dico a voce alta.

È vero, hai ragione, forse sembro più una strega, fa lei. E io resto a bocca aperta.

Cos'è, leggi nel pensiero?

Certo. È una sciocchezza, è una cosa molto semplice.

Eh sì, semplicissima.

Con un cuore sincero leggi tutto quello che le persone hanno dentro. E tu spesso già lo fai.

Non mi sembra comunque granché, poter leggere tutto quello che pensano le persone.

Ah, su questo hai ragione, piccin!

Va bene, ora ti saluto, c'è un certo odore di chiuso qui. Vado su, ciao, Seraphine.

Stai bene, ragazzina, e grazie di tutto.

Figurati.

E ricordati, se hai bisogno chiamami!

Comincio a salire le scale e poi mi giro, le faccio: Allora siamo d'accordo, oggi sparisci.

CERRRTO! fa la matta.

11.

I giorni sono passati e non ho più pensato a Seraphine e ai suoi esercizi per i miracoli. Invece di sentire il mio respiro ho litigato con tutti. Finché una sera ho capito che mi ero messa proprio nei guai. Ho preso a calci il portone, ho spaccato tutto un'altra volta e c'erano le schegge dei vetri che volavano dappertutto, me le sono beccate sulle braccia e sulle gambe, un macello. Stai facendo un vero disastro, pensavo in un angolo della testa, ma non riuscivo a fermarmi, qualcosa si era impadronito del mio corpo e andavo avanti a tirare calci e urlare, non mi ricordo tanto bene cosa dicevo. Mi ricordo però le braccia e le mani ferite e sanguinanti. A un certo punto arriva una vicina di casa e si mette a gridare: Aiuto! Aiuto! Cosa fai! Ma cosa fai? E poi qualcuno deve avere avvertito la Titti, che è arrivata e ha cominciato a piangere e gridare.

A quel punto stavo troppo male e volevo fare ancora peggio: ho preso un pezzo di vetro rotto e mi sono tagliata sulle braccia, ho visto di colpo il mio sangue rosso scuro che ha cominciato a scorrere a rivoletti. La cosa più stupida della mia vita. Volevo farmi male, ma allo stesso tempo ero anche pentita, ero troppo pentita di aver combinato tutto quel casino, e vedendo la Titti che piangeva e urlava sconvolta non sapevo che fare, e ho reagito così. Forse avrei voluto dirle che mi dispiaceva e che non sarebbe successo mai più, un casino del genere, ma non riuscivo a muovermi. Sono rimasta lì come una scema, sporca di sangue, avevo male alle braccia e tremavo tutta. Ho allungato una mano verso di lei per toccarla o chiederle aiuto ma ho visto che aveva paura di me, aveva paura che le facessi del male. Questa Titti non capisce proprio niente.

Si è messa a urlare ancora di più, diceva Aiutooo aiutooo, poi mi ha afferrata per un braccio e mi ha trascinata in casa, io ero già messa male di mio e lei continuava a urlarmi addosso. A quel punto non c'ho capito più niente e le ho dato una testata sul naso. Subito dopo mi sono pentita di nuovo, ma ormai era fatta, e lei ululava ancora peggio, con tutto il sangue che le usciva dal naso e colava giù sulla maglietta. A un tratto mi guarda in modo strano, aveva come un mezzo sorriso, una cosa che mi fa venire un brivido di paura per la schiena, e dentro di me mi dico: Cati, questa volta l'hai fatta grossa, questa volta è troppo pesa. La vedo che prende il telefono e fa un numero, poi chiede un'ambulanza al nostro indirizzo. Io penso che se si fa ricoverare significa che sta proprio male, ma la sorpresa arriva quando un ragazzo alto con gli occhi verdi simpatici suona alla porta di casa, entra e dice: Dov'è? E la Titti tenendosi un fazzoletto sul naso dice: È lei, portatela al pronto soccorso, è pericolosa, fate attenzione molto pericolosa.

CHE COSA? urlo io.

Questo bel ragazzo con gli occhi verdi simpatici si avvicina e poi ne entra un altro e mi tengono per le braccia. E così alle dieci di sera mi ritrovo seduta al pronto soccorso. Attacco a parlare con un vecchino che dice che sta morendo, gliel'hanno annunciato la mattina i piccioni del porto, dice, e ora sta morendo, io lo guardo, gli chiedo come fa a parlare e anche tanto se sta morendo, poi un'infermiera mi viene a prendere e mi dice che mi porta dallo psichiatra.

Entro in questa stanza spoglia e ci sono una scrivania e una sedia con seduto sopra un uomo dalla faccia rotonda, calvo e con gli occhiali spessi. Di fronte a lui altre due sedie. Faccio per prenderne una e trovo che c'è qualcosa di strano. Dico: Cos'ha questa sedia? C'è qualcosa di strano!

E lui: Non si muove. Qui le sedie sono fissate al pavimento.

E come mai? chiedo io.

Ragioni di sicurezza, fa lui.

Mi guarda e mi fa una serie di domande. Io rispondo a tutto, vorrei piangere ma non lo faccio, non gli do soddisfazione, ogni tanto mi si riempiono gli occhi di lacrime ma non gli do soddisfazione. Solo che mentre cerco di ricacciare indietro le lacrime non sento niente di quello che mi sta dicendo, lui parla calmo, ha una bella voce tranquilla, e io non capisco niente. Mi chiede dei tagli, se me li sono fatti da me. Io non ricordo cosa ho risposto. Però so che mi ritrovo in quattro e quattr'otto ricoverata in ospedale, nel reparto di psichiatria. C'è un infermiere che mi porta in una stanza con due letti, poi torna l'uomo di prima, quello che mi faceva le domande, continua a dirmi delle cose che non capisco, capisco solo che mi faranno delle flebo, dice che dormirò e mi sentirò meglio. Io dico che non stavo male, che la Titti mi provocava con tutte le sue critiche e le falsità e le prese in giro. Ma questi mi infilano la flebo, sento ancora una volta la voce calma dell'uomo e addio. Bye bye, Cati è partita per il mondo dei sogni.

Quando mi sveglio sono in un posto che non ho mai visto, non è l'ospedale della sera prima, sono in una stanza spoglia con un letto, il comodino e un piccolo armadio giallino. Fuori dalla finestra si vedono degli alberi. Mi metto seduta, apro la porta ed esco nel corridoio. I muri gialli sono avvolti da una luce biancastra, fredda, tipo neon, i pavimenti di linoleum verdognolo rivestono il lungo corridoio che percorro tutto fino ad arrivare in una sala grande dove ci sono tante ragazze. Molte fissano la televisione che è appesa in alto, quasi vicino al soffitto, si passano il telecomando litigandoselo, altre siedono su sedie di plastica bianca, qualcuna traffica con le riviste e gli album da disegno appoggiati sui tavoli sempre di plastica bianca. C'è una tipa che cammina su e giù veloce per la stanza, da un muro all'altro, arriva davanti a una parete, spinge le mani contro il muro, fa dietrofront e poi ricomincia da capo. Una ragazza accucciata in un angolo dice qualcosa a proposito di branchi di lupi. Altre urla arrivano dalle porte chiuse che si affacciano sul corridoio.

Dove sono finita?

Mi metto a correre e torno nella mia stanza e scoppio a piangere. Non è giusto, anche se negli ultimi tempi ero un po' fuori non è giusto che mi mettano con queste pazze.

Dalla porta si è affacciata un'infermiera, mi dice che si chiama Giuliana e dice di non piangere, fra poco arrivano i dottori, ha una bella faccia rotonda e i capelli rossi e le lentiggini da peldicarota, io dico: Giuliana, fammi uscire di qui! Non è giusto rinchiudermi qui con 'ste matte!

Lei si avvicina e mi fa una carezza sulla testa, lo capisco subito che è dolce, mi ci affeziono in due secondi.

Arrivano due tipi, lei alta e secca, lui un bassetto grosso e muscoloso, entrano nella mia stanza, si fermano davanti al letto e lei mi chiede come mi sento. Dice che è la dottoressa Callista, la psichiatra. Lui è Tonino, dice solo il nome, Tonino, il suo aiutante. Questa Callista ha la faccia dura, squadrata, e i capelli corti scurissimi con un ciuffo lungo grigio scuro che le ricade su mezza faccia. Ha un camice bianco e le scarpe a punta nere, lucide, col tacco alto e i piedi lunghissimi. Mi viene un brivido freddo per la schiena a guardarla, non riesco a fissarla negli occhi.

Dico: Voglio tornare a casa.

Lei sembra indifferente alle mie parole e a tutto quello che succede da queste parti. Mi dice: Caterina, ora non puoi tornare a casa, ti teniamo un po' da noi, devi essere curata. Rientrerai in famiglia quando starai meglio. Quando sarai guarita.

Ma io non sono malata!

Hai spaccato il naso alla tua matrigna con una testata.

Non è vero, non è possibile, non ho picchiato così duro! E poi ho fatto una cavolata, ma le giuro che non l'ho fatto apposta, non volevo, lei mi insulta sempre e io non ci ho capito più niente.

La Piedona non reagisce a quello che dico, continua a osservarmi come se fossi un topino, un moschino, una cosa da nulla, e poi mi fa: Che mi dici di questi? Mi prende un braccio e me lo gira e rigira per farmi vedere i cerotti e le bende che nascondono i segni dei tagli. Quindi allontana il mio braccio, come se fosse la carogna di un animale morto.

Quando sono usciti tutti mi dico che mi sono rovinata con le mie mani, stavolta mi sono davvero rovinata, sono finita in gabbia e qualcuno ha buttato via la chiave. Volevo mia mamma più che mai, ma mia mamma non c'era, non c'era nessuno ad aiutarmi. Mi sono allungata sul letto e ho pianto di nuovo. Mentre piangevo ho guardato fuori e per poco mi prendeva un colpo. Mi sono alzata di scatto dal letto, sono andata verso la finestra perché mi è sembrato di vedere qualcosa che si muoveva vicino al tronco della grande quercia di fronte. Sembrava una figura femminile, ma non stava coi piedi per terra, era come a mezz'aria, aveva la pelle scura, un abito verde smeraldo e fiori tra i capelli. Ho pensato che forse avevano ragione loro, ero davvero fuori come un balcone. Forse non me n'ero accorta, ma nel frattempo ero davvero impazzita del tutto.

12.

Mi hanno detto che il posto dove sto si chiama Villa Sorriso, e ho sentito che le ragazze qui lo hanno ribattezzato Villa Sorrisofinto o Villa Spegnilsorriso o anche Villa Triste. Abbiamo fatto una riunione di gruppo e l'infermiera Giuliana carina ci ha spiegato che questo è un piccolo mondo dove possiamo sperimentare dei sentimenti, delle emozioni e dei legami con gli altri, per imparare di nuovo a vivere. Si dà il caso che le ragazze che sono finite in questo cesso di posto, per come l'ho capita, non riuscivano a farlo. A vivere, dico. Combinavano casini, non ne imbroccavano una giusta, non stavano bene con gli altri e nemmeno con se stesse. In questa riunione di gruppo ho conosciuto delle tipe simpatiche, un po' bizzarre ma simpatiche. Per esempio c'è la Simona, una ragazza magra come un grissino, con la pelle bianchissima, che durante la riunione ogni tanto prende e comincia a camminare avanti e indietro per la sala: era lei quella che avevo notato il primo giorno, che faceva su e giù come una scheggia. Poi c'è la Mary, che ha i capelli corti quasi rapati e indossa dei calzoncini e una maglietta da calciatore bianchi e azzurri con stampato sopra il numero 7. Quando Giuliana ha detto se avevamo qualcosa da dire, se volevamo *reagire* a quello che ci diceva lei, la Mary ha alzato la mano e ha sparato la sua. Ha detto: Oggi è una buona giornata e credo che mi allenerò per diventare molto tranquilla e attenta, perché sennò divento troppo arrogante e faccio casino e finisco nella Stanza Blu. Si finisce nella Stanza Blu perché siamo arroganti e ce lo meritiamo, come dice la dottoressa Callista.

Va bene, ha detto Giuliana, qualcun altro desidera intervenire?

Simona ha alzato la mano e ha detto: A me a volte mi viene questa mania che devo camminare su e giù per giorni interi, resto senza mangiare e allora non va bene. Così mi mettono nella Stanza Blu anche a me.

Io ho detto: Ma cos'è questa Stanza Blu?

Ecco, io a volte mi sento uno strano esperimento della natura, ha aggiunto Simona, nel senso che credo che alle persone quando nascono viene consegnato un libretto delle istruzioni per le cose che tutti fanno tutti i giorni. Quando sono nata io qualcuno ha detto: Facciamo così, alla Simo niente libretto, poi stiamo a vedere che succede. Non le diamo le istruzioni e vediamo che succede. Magari c'è da divertirsi con lei! Ci facciamo delle gran risate! E questa Simo ha attaccato a spanciarsi dal ridere.

L'ho trovata fortissima, mi è piaciuta. Era quello che pensavo da sempre, ma non trovavo delle parole così chiare per esprimerlo. Anch'io ero una di quelle persone che dice lei. Una di quelle nate senza il libretto delle istruzioni. Mi sono sentita a mio agio nel gruppo, anche se non avevo ancora detto niente.

Quando è stato il mio turno non mi è venuto molto da dire. Ho detto solo: Litigavo con la mia matrigna e poi diventavo confusa, non sapevo cosa fare, mi sembrava di non avere un posto dove andare. Allora ho cominciato a menare le mani, ho spaccato tutto, mi sono fatta dei tagli e ho tirato una testata sul naso della matrigna, dicono che gliel'ho rotto, ho fatto un gran casino. E così eccomi qua!

Le ho stese tutte. Mi hanno guardata tutte insieme e mi è arrivato un messaggio telepatico collettivo. Queste ragazze sballate di Villa Sorrisofinto mi hanno eletta di colpo regina delle svitate. Ero la capa, quella più matta, la più cattiva. O forse era solo una mia impressionc.

Poi Mary mi ha sorriso. Ho visto che aveva i denti un po' storti, che andavano ognuno per conto proprio. Ha detto: Allora sei arrivata! Sei tu che ci libererai!

Cosa? ho detto. Ma nessuna mi ha risposto.

13.

Passo un sacco di tempo cercando di mettere a punto dei sistemi per scappare, e visto che l'ha detto Mary anche per liberare le altre ragazze. Le giornate scorrono lente e la Piedona si aggira per le stanze con la sua aria sinistra e le sue scarpe a punta. Il soprannome che le ho dato è piaciuto subito alle altre ragazze, che hanno preso a chiamarla così anche loro.

Poi una mattina arriva Alice. Arriva preceduta da un gran baccano. Porte sbattute, urla, le voci degli infermieri che dicono Basta! Stai ferma! Demonio!

Io esco nel corridoio per vedere che succede, ed eccola lì: una ragazza più o meno della mia età coi capelli lunghi biondi, bellissimi, tutta scombinata, che urla e si dibatte. La mettono seduta su una sedia a rotelle e la legano con le fascette. La sedia avanza con lei che urla con tutta la forza che ha in corpo e a un certo punto vedo che vengono verso di me: la portano proprio nella mia stanza.

La mettono sdraiata sul letto vicino al mio, senza legarla. Tonino, il tipo basso tarchiato e muscoloso che fa da braccio destro della Piedona, le dice: Se ti calmi non ti lego e non ti faccio la flebo.

Va bene! Va bene! urla lei, però andate via, andate tutti al diavolo!

La guardo e ci resto secca a vedere come è vestita elegante. Ha una camicetta di seta verde chiaro, un golfino supermorbido e una gonna blu plissettata. Ha delle ballerine di vernice nera e anche una borsetta firmata che tiene stretta a sé. Ha questi vestiti superchic ma è una vera selvaggia scatenata.

Lei mi dà un'occhiata disgustata e poi mi volta la schiena, si mette seduta sul letto e guarda verso la finestra, apre la borsetta, cerca qualcosa, rovescia tutto sulla coperta ed escono una quantità di rossetti, ombretti, pettinini, immaginette della Madonna, collanine, rosari con il crocifisso e roba simile. Poi tira fuori un pacchetto di sigarette e se ne accende una.

Le dico: Ciao, io mi chiamo Cati, sarebbe Caterina ma mi chiamano Cati da sempre.

Che notiziona! fa lei, e continua a fumare senza degnarmi di uno sguardo.

Tu come ti chiami? chiedo.

Mi chiamo Alice, come quella deficiente del Paese delle Meraviglie!

Oh! faccio io. La conosco quella storia, mi piace!

Mmh, fa lei e continua a fumare come un camino. Poi mi dà un'altra occhiata e dice: Ma cosa sei? Una punk fuori tempo massimo? E scoppia a ridere.

Arriva la Marisa, che ci dice di prepararci, è ora di andare a pranzo. L'Alice si volta all'improvviso e dice: E cosa ci sarebbe da mangiare?

Salsicce e cavoli, fa la Marisa. È di vostro gradimento?

I cavoli? Mangiateveli voi, io sono abituata ad aragosta e champagne!

Mi piace sempre di più, questa Alice.

Continua a fumare tenendosi stretta la borsetta e passandosi un dito sulle ballerine di vernice. Queste scarpe, poi, scopro che non se le toglie nemmeno per dormire.

Dopo un po' di giorni Alice smette di trattarmi con sufficienza, anzi, è lei a rivolgermi la parola, e ci raccontiamo le nostre storie. Lei mi ha detto che la mia è tipo la sua, mi ha detto che tutte le storie di sfortuna si assomigliano, in fondo, ma io non le ho trovate così uguali. Lei ha una madre viva e un padre nei paraggi, sono molto ricchi, hanno delle industrie e dei negozi, ma il fatto è che lei stava sempre con le bambinaie da quando era al mondo e tutto quello che le piaceva fare alla fine era mettersi dei vestiti eleganti da grande, collezionare borsette firmate e ballerine, e basta. Ha le dita pazzescamente gialle per la nicotina e ha ottenuto il permesso speciale di fumare in camera anche se è proibito. Ne approfitto e fumo pure io.

Un giorno le propongo di disegnare: le dico che il disegno può fare questa specie di magia, ti tuffi dentro il foglio coi colori e ti dimentichi del posto dove stai, le dico di provare e ci mettiamo lì a disegnare, lei fa delle cose strane, delle croci con i vampiri, poi mi dice che le croci sono quelle dove hanno crocifisso Gesù, ma al suo posto ci si disegna lei, fa una tipa nuda con tutti i capelli gialli lunghissimi che somiglia davvero a lei.

Un'altra volta sono arrivate delle infermiere per pettinarla e cercare di farle la doccia, ma lei ha fatto un casino, una scenata incredibile dicendo che lei le mani addosso dai cafoni non se le lasciava mettere. Mi sono chiesta se era vera quella storia della famiglia ricchissima che aveva, perché mi dicevo che una famiglia ricca secondo me non l'avrebbe mollata qui in questo posto squallido. Lei poi ho capito che diceva un sacco di balle di tutti i tipi. Era uno spasso. Un giorno mi ha rivelato che era una figlia della luce, e che anch'io lo ero, l'aveva capito dal primo momento. Ha detto che era arrivata per compiere la sua missione, cioè sconfiggere il male!

Che male? ho chiesto io.

Svegliati, punkettona, mi ha detto sorridendomi coi suoi denti un po' storti, svegliati! Il male qui si chiama Callista. Lei usa noi ragazze per accumulare energia vitale: in realtà è vecchissima, ma sembra giovane perché ruba l'energia alle ragazze!

Io volevo sapere una cosa. Le ho chiesto: Alice, ma tu trovi che anch'io sono una... una cafona, come dici tu?

Eh? cosa? Ma cosa dici, Caterina?

Niente, volevo sapere, dato che per te sono tutti cafoni e senza stile, trovi che anch'io non ho stile?

Lei mi dà un'occhiata complessiva, come una regina che guarda il suo autista, fa una smorfia e dice: Tu, Caterina, lo sai cosa sei.

Eh? Cosa?

Lo sai benissimo cosa sei, non fare l'ingenua, non fare la fintona che con me che non attacca.

E va via dalla stanza.

Io le corro dietro, le dico: No, aspetta, sul serio, non lo so mica, io, cosa sono. Me lo dici?

Ah, allora mi prendi per scema? fa lei.

No, ti giuro, Alicetta!

Te lo vuoi proprio sentir dire?

Che cosa?

Lo sai benissimo che sei una maghetta della luce e che combatterai per liberarci tutte dai nostri mali!

...

Lo sai che sei la predestinata!

Eh?

Poi, di colpo, si è messa a parlare piano a bassa voce, con una mano davanti alla bocca: Io lo so benissimo che sconfiggerai la Piedona! Sei una grande magica maghetta della luce!

Ma allora è vero che la Alice è proprio sballata, ho pensato io, però non ho commentato ad alta voce. Anche perché lei con me adesso è affettuosa, e mi passa sempre il cibo che le danno. È sempre a dieta perché trova che la vera eleganza richiede la magrezza assoluta.

Un giorno Alice di punto in bianco è uscita in corridoio, si è alzata la gonnellina plissettata e ha fatto la pipì e la cacca lì sul pavimento, senza vergogna né niente. È arrivato Tonino, che l'ha subito legata e sedata. Non mi piaceva vederla stare lì mezzo addormentata. La Alice era simpatica quando partiva in quarta, quando urlava e diceva: Siete dei gran cafoni! Quando agitava i lunghi capelli tutti aggrovigliati era bella, con la sua forza selvatica che non si piegava mai a niente e a nessuno. E invece ecco. L'avevano stroncata.

Quando si è risvegliata le ho detto: Vedi che sei stupida? Adesso ti hanno legata come un salame, e a me mi viene tristezza a vederti così. Dovevi proprio andare a fare i bisogni nel corridoio? Io gliele dicevo, certe cose, mi sentivo come una delle sue balie, quelle che mi raccontava di aver sempre avuto, ma vaglielo a far capire: era una cavalla selvatica e nessuno riusciva a domarla.

Una notte mi ha svegliata di colpo, si è seduta sul mio letto e mi ha detto: Ehi, punkettona, sveglia, svegliati! Guarda che io l'ho fatta apposta, la cacca nel corridoio, io sono qui per smascherare la Piedona!

Ma che ti ha fatto la Piedona? le ho detto.

Zuccona di una punkettona, ti ho detto che è una malvagia che vuole eliminare dal mondo le figlie della luce, vuole combattere e distruggere il nostro potere!

Che cosa? Che potere?

Il Magico Potere delle Donne. E tu hai una missione. Se mi succede qualcosa tu cerca di scappare a ogni costo, cerca di chiedere aiuto a qualcuno. Ma dev'essere qualcuno che sa.

Che sa COSA?

Del potere, no? Ma sei proprio dura di comprendonio!

Io le ho detto di stare tranquilla e tornare a dormire, sennò Tonino la sedava di nuovo, e a me dispiaceva.

14.

In questo postaccio è chiaro che nessuno si rompe la testa per cercare di capire noi ragazze con le nostre tristezze, i problemi e le cose strane che facciamo. Si capisce subito che quando la Piedona e il suo corteo di infermieri passano a fare il loro giro tutto quello che hanno da darci sono solo altre pillole. Se poi ancora non ci sottomettiamo, se ancora dopo le pillole non siamo diventate dei vegetali, allora ci chiudono nella Stanza Blu, dove ci attaccano dei tubicini a tutto il corpo e ci tengono lì come delle morte.

Quando arrivano delle ragazze nuove ci presentiamo tutte, almeno tutte quelle che non sono legate. La cosa allucinante è che ci presentiamo sempre col nome della nostra diagnosi, si usa così qui, chissà chi ha lanciato la moda. Ciao, sono Alice schizo, ciao, sono Simo borderline, ah, piacere, io sono Cati autolesionista, per dire. Io ho detto ad Alice che non dovremmo fare così, non dovremmo pensare a noi stesse e alle altre col nome di una malattia. Le dico: Ma non ti sembra strano che non siamo più la Cati, la Alice, la Simo, ma una malattia? E chi l'ha deciso? Secondo te la Piedona poi ci capisce davvero di quello che abbiamo dentro? Di quello che siamo?

Alice getta indietro i lunghi capelli biondi e dice: Tocca a te, Caterina, cambiare le cose!

Ancora con questa storia? dico io.

Quando hanno rinchiuso Simona nella Stanza Blu mi è dispiaciuto tanto. Lei passava qualche giorno tranquilla e poi di colpo prendeva a marciare veloce, tutta rigida, con gli occhi fissi, e dato che rifiutava di mangiare la forzavano col cucchiaio. Un giorno hanno deciso che era arrivato il momento della Stanza Blu, dove la alimentavano con le flebo, così dicevano. Io una mattina ho pensato che per entrare in contatto con la Simo potevo mettermi a marciare insieme a lei avanti e indietro, e così mi sono avvicinata e mi sono messa a raccontarle delle cose e anche a farle delle domande su di lei. I suoi occhi si sono animati, non rispondeva quasi niente, ogni tanto diceva: Perfetto, perfetto, sì, perfetto! però si era accesa e a un certo punto io avevo fame con tutta quella marcia e sono andata nella mia stanza a prendermi una mela che avevo messo via per i momenti riflessivi notturni, che mi veniva sempre fame. Prendo la mela e comincio a sgranocchiarla continuando a marciare insieme alla Simo, lei dà un'occhiata al pomo e io dico: Ehi, Simo, ti va un pezzo della mia mela? Forse ti farebbe bene mangiare un po', con tutto quello che consumi nella tua marcia. Lei afferra il frutto e se lo sbrana in un minuto. Allora le chiedo se vuole anche qualche biscotto e lei non risponde ma mi guarda fisso le mani. Torno nella stanza e prendo un pacchetto di bastoncini ricoperti di cioccolata, sempre dalla mia scorta notturna. Torno da lei, che se li spazzola masticando veloce coi denti davanti, come un coniglietto. In quattro e quattr'otto i bastoncini sono spariti, ha fatto fuori tutto il pacchetto. Io ho cercato con lo sguardo in giro per vedere se c'era qualche infermiere, perché volevo far capire che non c'era bisogno di ingozzarla a forza, bastava camminare con lei per farla mangiare, ma figurarsi se qualcuno ci ha pensato, e soprattutto se qualcuno aveva voglia di farlo. L'ho detto a Giuliana, ma lei si è rinchiusa nelle spalle come una tartaruga, come dire non possiamo farci niente, è così. Qui è la Piedona che comanda.

15.

Più passano i giorni più le cose peggiorano. Ci imbottiscono di pillole per calmarci, ma io non le butto giù, faccio un trucco, le metto di lato, dentro la guancia, e quando non mi vedono sputo tutto. Non voglio diventare un budino viscido e tremolante, io voglio diventare una tosta. La notizia più brutta è che hanno portato Alice nella Stanza Blu, sono venuti a prenderla, le hanno fatto una puntura e ora lei è lì allungata in un letto, come morta. Sono andata ieri notte di nascosto a darle un'occhiata, stava lì immobile sul cuscino come se non appartenesse più a questo mondo, sembrava che avesse smesso di respirare. I suoi lunghi capelli biondi erano tutti appiccicati e avevano preso un colore grigio-verdastro. Le labbra avevano il colore del Das che usiamo per modellare le nostre sculturine. La faccia era diventata come una vecchia mela avvizzita, una di quelle che nei negozi buttano via perché nessuno se le comprerebbe, sembrava che le fossero venute di colpo mille rughe, è pazzesco perché Alice aveva una pelle luminosa, stupenda. E ora invece è lì con gli occhi chiusi sigillati. Mi è venuto un magone della madonna a vederla così.

Quando sono tornata nella mia stanza sono andata a specchiarmi nel vetro della finestra e mi sono detta: Vecchia mia, facciamo il punto della situazione: ti hanno parcheggiata qui e le cose si stanno facendo pese, se vuoi tirarti fuori devi farlo da sola, devi inventarti qualcosa. Mi metto a pensare a dei sistemi per fuggire, voglio scappare, e voglio liberare anche Alice e le altre svitate. Ma tutte le porte che comunicano col mondo fuori sono sprangate e le finestre pure, e solo quell'energumeno di Tonino ha tutte le chiavi.

Il mattino dopo mi è venuta un'idea. Quando nel pomeriggio entra la Milli, la donna che pulisce le stanze, ci mandano in corridoio o nella sala comune, lei pulisce i pavimenti, apre la finestra per cambiare aria e far asciugare e poi esce dalla porta chiudendola a chiave. Dopo un po' rientra, richiude la finestra col lucchetto e se ne va.

Così il pomeriggio mi sono nascosta nell'armadio, che era piccolo e io che ero diventata ancora più ciccia facevo fatica a star lì chiusa senza muovermi. Ho lasciato la porta aperta per dare l'impressione di essere già in corridoio e mi sono infilata nell'armadio. A un certo punto da dentro l'armadietto ho sentito la Milli che arrivava. Ha aperto la finestra, ha pulito tutto e poi ha richiuso la porta a chiave ed è uscita. Mi tremavano un po' le gambe. Sono uscita dall'armadio. Ho preso la seggiola vicina al mio letto, l'ho portata sotto la finestra, ci sono salita sopra e... oooooh, mi sono buttata sul prato di sotto. Un volo di un paio di metri, ma la botta sul sedere è stata forte lo stesso, avevo paura di essermi tutta rotta, mi sono alzata e senza voltarmi indietro ho preso a correre e correre, sono passata sotto le finestre dell'accettazione accucciandomi e camminando in un modo assurdo, con le ginocchia piegate tipo che sembravo una gnoma in fuga, ho superato il parcheggio delle auto coi giardinetti vicino e sono arrivata sulla strada. Ero libera!

Ho sentito delle urla arrivare da Villa Triste. C'erano dei cespugli piuttosto alti e appena li ho raggiunti mi ci sono buttata dentro. Avevo il cuore che andava a mille e mi sentivo la bocca senza più saliva. Da dentro il cespuglio che mi grattava la faccia e le braccia ho visto il bosco che costeggiava la strada. Ho ripreso fiato e mi sono messa a correre in quella direzione. Il sole stava per tramontare, cominciava a fare buio ma ho continuato a correre e correre con tutto il fiato che avevo. Mi sembrava di sentire delle voci lontane: qualcuno stava dicendo Aiutooooo è scappataaa fermatelaaaaa...

Non so per quanto tempo ho continuato a correre, ma a un certo punto non ho più sentito le voci e mi sono fermata, distrutta. Ero circondata da una tetra foresta di grandi querce e altri alberi che non avevo mai visto. Ho sentito dei fruscii e mi è sembrato di vedere delle ombre, che panico! Ho pensato di avere fatto un'altra cavolata: se mi riprendono mi puniscono di brutto, mi imbottiscono e mi piazzano nella Stanza Blu come hanno fatto con Alice e le altre. E se resto qui nel bosco magari incontro un animale selvaggio o qualche pazzo maniaco.

D'un tratto mi è sembrato di vedere i fari di un'auto nel bosco, mi sono messa a correre ancora e ancora e quando ho trovato un avvallamento nel terreno dietro una roccia, che forse era la tana dell'animale che mi avrebbe sbranata, mi sono fermata senza più fiato e mi sono tutta acciambellata lì per nascondermi. Poi ho sentito un rumore leggero, come di rami spezzati, scricchiolii e fruscii, come di qualcuno che camminava calpestando mucchi di foglie secche. Un infermiere di Villa Triste o la Piedona in persona? Oppure un assassino in cerca di ragazzine?

Ho chiuso gli occhi per la paura: se è un assassino non lo voglio vedere in faccia, non voglio vedere il ghigno che gli si dipinge in volto prima di farmi a pezzi, e se è la Piedona non ho voglia di rivedere le sue smorfie di disprezzo. Chiudo gli occhi e cerco di ricordarmi qualche preghiera, ma non ho mai pregato e non mi viene in mente niente. Allora, non so come mi esce, dico: Io... io posso fare dei miracoli se voglio! Io nella mia vita posso fare dei miracoli seguendo le strade che hanno un cuore! E dico anche: Mamma, proteggimi!

Sento una voce di donna. Dice: Non dovresti essere a letto a quest'ora, piccin?

Eh? dico io, senza aprire gli occhi. Chi sei?

La voce adesso è più vicina: Se apri gli occhi lo vedi, chi sono.

Apro gli occhi pian piano. Quella voce mi dice qualcosa.

Che ci fai qui nel bosco, Seraphine?

Eh, comandi! fa lei, e si tocca la fronte con due dita come nei telefilm dei soldati americani. Dice: È arrivata una richiesta urgente, stavo lì tranquilla a guardare la tele e niente, ho posato la birra appena aperta ed eccomi qua.

Che cosa? dico, e poi aggiungo: Ti sembrerà strano ma non sai quanto sono contenta di rivederti, vecchia mia! Mi accorgo che per l'agitazione sto parlando a voce parecchio alta, troppo alta, forse.

Infatti. Ehi, non gridare, non c'è bisogno che gridi, fa lei.

Ho voglia di urlare!

Meglio di no, ti potrebbero sentire quelli che ti stanno cercando.

Oh, Seraphine, ma perché la mia vita è così incasinata?

Eh, piccin, fa lei, e io la guardo per bene. Anche se non c'è molta luce in questo posto mi pare che se la passi meglio di quando stava giù in cantina. Ha sempre i capelli in disordine, ma si muove agilmente, come se fosse una ragazzina. Ha addosso i suoi jeans con la pettorina e la felpa rosa col cappuccio, ma c'è qualcosa che la circonda, un alone di luce, e mi sembra di sentire chiaramente un'energia rassicurante che emana da lei, sento un legame fra di noi, come se ci conoscessimo da una vita. So di potermi fidare. Dico: Mi hanno messa in una specie di manicomio per ragazzine, ma sono scappata! Sapessi che posto!

Lo so.

Lo sai?

Senti, ora andiamo a casa.

Quale casa? Io non ho più una casa, Seraphine, non possiamo andare nemmeno in cantina, se mi trova la mia matrigna mi fa chiudere di nuovo in qualche manicomio!

Dicevo andiamo a casa mia, fa lei. Prima ti dai una sistemata e poi studiamo un piano.

Ho fame.

Va bene, andiamo a mangiare, Cati!

Ma tu chi sei? Sei diventata la mia salvatrice?

Eheheh, fa lei, e ride forte, come se la vita fosse una cosa divertente.

Non è che sei tipo la mia fata madrina, come nelle fiabe? le chiedo io.

Oh oh oh, continua a ridere lei. E poi, senza aggiungere altro: Andiamo, ragazzina.

PARTE SECONDA

"Le streghe discendono dalle sibille e dalle sante; sono di nobile lignaggio e nessuna donna deve vergognarsi di definirsi tale."

Germaine Greer

16.

Abbiamo camminato ancora un pezzo, avevo una strana energia dentro, non sentivo più la stanchezza. Seraphine mi chiedeva se conoscevo i nomi degli alberi che ci circondavano, io ho fatto segno di no e lei mi ha detto che quello era un bellissimo bosco di pioppi e betulle argentate, ha detto che era perfetto per le cerimonie. Non ho voluto approfondire quali.

Siamo arrivate alla fine del bosco ed è spuntata una casetta di mattoni a due piani, molto piccola, circondata da un orto e da una fila di siepi che formavano una specie di recinto circolare. Ci siamo avvicinate e ho sentito che si stava alzando il vento. Ho dato un'occhiata alla luna quasi perfettamente rotonda che illuminava la casa, come un cerchio di luce che puntava dritto su quella vecchia casina e sul piccolo orto intorno.

La siepe era interrotta da un cancello di legno che non aveva né una serratura né un lucchetto; intagliata nel legno c'era una scritta ondulata che diceva CASA DELLA LUNA DI SERAPHINE. Lei ha cominciato a muovere le mani come se fosse diventata una direttora d'orchestra, poi a voce alta ha detto una frase che mi sono fatta ripetere, ma non ci ho capito niente lo stesso. Mi ha detto che era in francese, e diceva più o meno: Casa della luna, casa della luna, aprimi la tua fortuna.

Sono rimasta a bocca aperta quando il cancelletto si è aperto e noi siamo scivolate dentro. Quando si è richiuso da solo alle nostre spalle lei mi ha detto che aveva chiesto alla casa di aprirsi per noi, e solo chi conosceva quella formula poteva oltrepassare il cancello. Ci siamo incamminate per un vialetto di ghiaia in mezzo all'orto, che di colpo sembrava diventato un giardino grande dieci, venti volte di più, abbiamo camminato per un pezzo e mi sono accorta che si respirava un'aria molto profumata, dovevano essere le erbette e le piante che crescevano tutt'intorno, ho riconosciuto il profumo del rosmarino, del timo e della lavanda, perché erano erbe che piacevano anche a mia mamma e le teneva nei vasi sulla finestra. Ho dato un'occhiata alle rose, alle primule e ai tulipani che crescevano tutti insieme e ho pensato ancora a mia madre che era appassionata di fiori e di piante, e da piccola mi aveva insegnato a riconoscerne qualcuna. Ho detto: Seraphine, ma è tutto tuo, questo grande giardino?

Certo, carina! Ti piace?

Lì, nel giardino di Seraphine, mi sono sentita tranquilla per la prima volta da parecchio tempo. Era come se nella mia vita fosse tornato il profumo delle belle giornate, come se nella mia brutta vita fosse tornata un po' di magia. Mentre facevo questi pensieri ho sentito una cosa piccola e morbida sfiorarmi una gamba e ho cacciato un urlo per lo spavento. Era un gattone dal pelo rossiccio e mi sono chinata per salutarlo. Di colpo, raddrizzando la schiena mi è venuto un brivido in tutto il corpo: due occhi giallastri scintillanti mi stavano fissando poco lontano da lì. Appartenevano a un essere acquattato sul ramo di un piccolo salice. Era un gufo chiaro. Mai visto un gufo in carne e ossa in vita mia!

Lei è Teodora, la nostra gufa protettrice, ha detto Seraphine. Stai tranquilla, Cati, in questo posto siamo al sicuro, nessuno potrà mai venire a darci fastidio!

Seraphine, mi è venuto un colpo, potevi avvertirmi, le ho detto. Ma la cosa cominciava a piacermi sul serio, anche se mi inquietava un po'.

Lei è scoppiata a ridere un'altra volta.

Quando siamo entrate in casa è successa un'altra cosa bizzarra: la casina sembrava grandissima, con un enorme salone, colonne, scale a chiocciola, piena zeppa di mobili e oggetti. C'erano vecchi armadi polverosi, due grandi tavoli, un paio di scrivanie, scaffali, divani di pelle, sedie e poltrone. Dovunque posassi lo sguardo c'erano librerie piene di vecchi tomi rilegati in pelle, e poi soprammobili, quadri, pergamene, cristalli a forma di piramide, bottigliette di liquidi colorati, vasetti con le erbe. C'era un grande scaffale occupato interamente da barattoli di polverine, su qualcuno c'era scritto rosmarino, cannella e cose del genere, su altri c'erano nomi più bizzarri. Su uno ho letto: tritato di lucertola, rana disidratata, scaglie di pipistrello. In giro poi c'erano vari abiti gettati qua e là, camicette, gonnelloni, grembiuli, vecchie paia di scarpe e stivaletti con calzettoni di lana che spuntavano. Quanto a disordine, Seraphine mi batteva! E poi i gatti. A una prima occhiata ne ho contati almeno sette o otto, di ogni razza, di tutti gli assortimenti di colori. Uno pelosissimo, rotondo, grigio chiaro, un paio di rossi, e poi altri in tutte le combinazioni di bianco e nero. Un micio nero stava immobile vicino alla finestra, come a osservare cosa succedeva fuori.

Be', eccoci qui, ha detto lei.

Sì. Ma senti, Seraphine, tu chi sei in realtà? Io ti facevo una specie di barbona, e guarda qui... ho fatto, spalancando le braccia per indicare quell'incredibile posto.

Oh, la barbona... è uno dei miei travestimenti... a volte mi diverto a interpretare dei ruoli, sono un po' attrice ogni tanto...

Ti diverti a...

Sì, e mi piace dare una mano alle donne e alle ragazzine un po' confuse e nei guai. Mi piace intervenire se c'è bisogno di aiuto, ecco...

E come mai?

Come mai? Credo... sì, penso che sia la mia natura...

Senti, e come vivi?

Oh, be', ecco... guardati intorno, ho tutto quello che mi serve qui... E poi, be', ti racconterò ancora di me, ma adesso siamo stanche tutt'e due, mangiamo qualcosa. Fidati di me, piccin, non c'è bisogno di tante domande! Qui non corri nessun pericolo.

Ma ci verranno a cercare, ci troveranno!

Non ti devi preoccupare, ti ho detto che in questa casa sei supersicura! La Casa della Luna la vedono solo i miei amici, solo le persone che decido io.

Com'è possibile?

Oh, quante domande! Tecnicamente diciamo che questo posto è inserito fra i veli dimensionali.

EH?

Capirai più avanti, piccin. Ora rilassati e pensa che stavi peggio prima, a Villa Sorriso: lì correvi grandi rischi.

Villa Triste, vorrai dire.

In effetti è un nome più azzeccato.

Certe mie amiche la chiamavano anche Villa Spegnilsorriso o Villa Sorrisofinto.

Giusto. Ora mangiamo qualcosa, e poi ti aspetta un compito.

Eh?

Dovrai dare una bella sistemata alla casa, d'accordo?

CHE COSA?

Sì, il tuo primo compito è questo.

Ma, Seraphine, come faccio a mettere ordine in questo casino?

Oh, non pretendo la perfezione, però devi mettere un po' a posto.

Ma perché?

Voglio insegnarti a dirigere la tua energia per costruire cose positive invece che per combinare guai.

Ma perché devi insegnarmelo facendomi fare i lavori di casa?

Perché abbiamo bisogno di spazio, ecco perché. Comincerai domani. Intanto bruciamo un po' di incenso, ha detto, e si è diretta verso un piccolo braciere sistemato sul tavolino davanti al divano sfondato. Ho sbuffato e ho detto: Quel divano è di pelle?

Certo! Autentica pelle di serpente, e poi ha aggiunto: Un momento solo, eh, ed è sparita in cucina. Ne è uscita due minuti dopo con due piatti di bucatini al sugo rosso fumante. Forse aveva già preparato tutto prima di venire nel bosco? Aveva stampata in faccia una gentilezza così sincera che ho sentito una fitta di simpatia arrivarmi dritta nello stomaco. Lei ha detto: Me lo ricordo, che ti piacciono i bucatini! Al dente!

Io mi sono sentita come se fossi a casa, non ho chiesto come faceva a ricordarselo, e abbiamo spazzolato via tutta la pastasciutta, abbiamo bevuto un paio di birrette e poi ci siamo abbandonate sul divano a guardare un telefilm poliziesco. Quando sono partiti i titoli di coda mi ha detto: Prima di andare a dormire c'è una cosa che voglio insegnarti.

Sono stanca! ho protestato io.

È una cosa veloce, vedrai. Tirati su.

Mi sono messa seduta con la schiena dritta e le gambe incrociate sul divano.

Lei ha detto: Ora tirati un pugno in faccia!

CHE COSA?

Hai capito.

Be', no, non voglio farlo, Seraphine.

Ho detto tirati un pugno in faccia!

No, non mi va. Tu lo faresti?

No, non lo farei.

Brava, e allora?

Allora cosa? Io non lo farei perché ho già ricevuto la lezione numero uno, tanto tanto tempo fa. E la famosa lezione numero uno è questa: non dare retta a tutto quello che le persone ti dicono. E non fare qualcosa solo perché qualcuno te lo chiede.

Aspetta, questa è la mia prima lezione?
Già.
Allora ho risposto bene! Sono stata brava, eh? Non ho fatto quello che mi hai chiesto!
Top niveau!
Che vuol dire?
Il massimo. Bravissima!
Evvivaaaaa! Mi sono alzata e ho fatto una piccola danza, prendendo in braccio un gatto rosso che passava di lì. Ho girato ancora un po' su me stessa e poi ho detto: Adesso me ne vado a dormire!
Sì.
È stata una giornata lunga e strana, vero, Seraphine?
Proprio così.
E ho idea che non sia finita qui.
Oh, no! Non per me, almeno.
Domani facciamo un piano?
Certo.
Un piano per liberare la mia amica Alice e le altre ragazze di Villa Triste?
D'accordo.

17.

Ho chiesto a Seraphine dove avrei dormito e lei mi ha detto di arrampicarmi su per una scala a chiocciola che partiva da un angolo del salone. Ho cominciato a salire i gradini e ho continuato per un pezzo, finché sono arrivata a un nuovo pianerottolo. C'erano due camere da letto e un bagno. Nella prima stanza c'era un gran letto matrimoniale col materasso alto, un sacco di cuscini e un piumone azzurro, due poltroncine, delle coperte e altri gatti che gironzolavano. Poi un'enorme scrivania piena di cassetti, fotografie incorniciate, una vecchia macchina per scrivere, e decine e decine di grossi tomi all'apparenza molto antichi. Nella stanza più piccola c'era un letto più stretto, con le lenzuola piene di farfalle colorate stampate sopra, sul comodino una grande conchiglia stracolma di caramelle, cioccolatini e banane. Ho preso una coperta dalla stanza grande, mi sono spogliata in fretta buttando tutto su una sedia e sono crollata a dormire. La notte ho fatto molti sogni stranissimi, ho sognato prima la Titti e poi la Piedona che mi minacciavano: la Piedona aveva le unghie lunghissime e ricurve ed era una vecchina di tipo trecento anni, era tutta storta e si appoggiava a un bastone. Mi minacciava, mi diceva di tornare da lei. A quel punto però arrivava una donna con la pelle scurissima e gli occhi molto dolci, aveva un cappello a punta e mi diceva: Non avere paura Cati, tu sei la predestinata, vincerai! Vincerai su tutto! Continuava a ripetermi di non avere paura, ma io me la facevo sotto, anche se era un sogno. Poi uscivo dalla finestra della casa di Seraphine e mi mettevo a volare nel cielo sopra il bosco. Tornavo a Villa Triste, era notte e nessuno mi vedeva, io andavo nella Stanza Blu dove avevano portato Alice, la rivedevo immobile e tutta intubata nel suo lettino, con la pelle che si era raggrinzita ancora di più e le labbra grigie. Le andavo vicino e le sussurravo all'orecchio: Tieni duro, Alicetta, tieni duro che presto vengo a salvarti!

Quando mi sono svegliata la mattina dopo mi sono guardata intorno e ho pensato: Oh cacchio, sono sempre qui! Dov'è la mia vecchia vita? Che fine ha fatto? Se prima la mia vita era un mezzo disastro, e mi sentivo scombinata e fuori posto, ora si è trasformata in un vero delirio! Ho dato un'occhiata alla mia giacca di cuoio con le borchie e le spillette e ai jeans buttati sulla sedia. Mi sono alzata e sono andata nella stanza accanto: Seraphine non c'era. In compenso c'era il suo paesaggio di oggetti che cominciavo a riconoscere: le spazzole, i vecchi giornali polverosi, le ciotole col cibo dei gatti, gli stivaletti scalcagnati, eccetera. C'era un camino acceso che il giorno prima non avevo notato; vicino al camino un grosso libro impolverato. L'ho preso in mano e ho letto il titolo: *Storie di maghe, sibille, oracoli e cose del genere* di Seraphine Du Puits. Ce n'era anche un altro, sempre di questa Seraphine D.P., intitolato *Il Libro dell'Autentico Magico Potere Femminile.* L'ho aperto a caso e ho letto: *Le donne autentiche, le donne che hanno il vero Potere, non sono legate alla realtà convenzionale. Al contrario, sono loro che decidono qual è la loro realtà. Vedono ciò che potrebbe essere e ciò che sarà, senza alcun errore. Non hanno nessu-*

na paura di affrontare gli ostacoli, le prove e le trasformazioni che i cicli della vita comportano. Quello che desiderano più di tutto è diventare piene, appagate, libere e completamente se stesse. Insieme alle loro sorelle.

Sono andata avanti e ho letto ancora: *Io sono diversa, e se la mia natura è questa non vi è colpa. Io sono quella che sono e se esisto è perché l'universo e la Dea mi hanno desiderata e mi hanno voluta proprio come sono. Non permetterò dunque a nessuno di minacciarmi o di spingermi ad andare contro la mia sacra natura femminile e ribelle. Proprio come nessuno riuscirebbe a spingere una tigre o un'aquila a mutare la sua natura, proprio come nessuno riuscirebbe a fermare il vento, così nessuno avrà mai potere su di me!*

Sono rimasta a bocca aperta ancora una volta. Possibile che fosse lei, quella matta di Seraphine, ad avere scritto cose del genere?

Mi sono infilata il maglione sopra la t-shirt e sono andata in bagno. Mi sono lavata la faccia e poi mi sono guardata allo specchio. L'aspetto non era granché. Sono scesa di sotto, le tende del salone erano ancora tirate e non riuscivo a vedere tanto bene. Una sagoma si muoveva per la stanza. Era lei, mezza nuda, con un paio di mutandoni e una canotta rosa. Ripeteva: Oh, povera me! Oh, ieri sera ci ho dato troppo dentro, oh, che mal di testa...

Ho aperto un po' le tende. Un gattone bianco è passato di corsa ed è balzato sul tavolo rotondo. Ho detto: Come va, Seraphine?

Ohi ohi, che mal di testa, che confusione, ieri sera ci ho dato dentro! Quando sei andata a dormire sono passate due mie vecchie amiche e abbiamo fatto tardi, abbiamo fatto baldoria.

Due tue amiche? ho chiesto, superstupita.

Sì, sono Bessie e Janine, le conosco dai tempi della Germania, loro abitano ancora lì. Nella Foresta Nera.

Nella for...

È andata in cucina, ha messo su l'acqua per il tè e poi ho visto che trafficava col tostapane: non vedeva bene i buchi per inserire la presa. Finalmente, quando è riuscita a infilarla, ha schiacciato il pulsante ma non è successo niente. Ha ripetuto il gesto tre o quattro volte, ma siccome il tostapane non dava segni di vita ha cominciato a sbatterlo contro il ripiano. Me la sono immaginata che prendeva la scossa, si accendeva come una torcia, e tutta la baracca che prendeva fuoco. E io che cercavo di fare il pompiere. Ho detto: Ehi, aspetta, aspetta, faccio io, cavolo!

Questo coso dovrebbe riscaldare il pane, perché la fa così difficile? ha detto lei.

Ho pensato che in un modo o nell'altro finisco sempre per avere a che fare con persone del tutto pazze. Le ho detto: Seraphine, non hai freddo così, in mutande?

Freddo? Naaa... Ho mal di testa, porca miseria, questo ora è il problema principale, mi farò un succo d'arancia, abbiamo arance in casa?

Mi pare proprio di no! ho detto io, e ho lasciato cadere il discorso; non avevo voglia di uscire a prenderle le arance. Ho aggiunto: Sai, ho visto due libri, di sopra, in camera da letto. Dimmi una cosa, sei tu Seraphine Du Puits?

Be', non si pronuncia come lo pronunci tu, ma è il mio cognome, proprio così! E quelli sono due libri che ho scritto un bel po' di tempo fa, sono dei classici ormai nel loro genere. Sono abbastanza conosciuta nel mio settore, sai, piccin!

Sul serio?

Sì, come no.

Sei una scrittrice, allora?

Be', sono tante cose, testolina di rapa!

Questa, poi. Seraphine una scrittrice: e chi l'avrebbe detto?

Senti, Cati, vai a prendermi qualcosa da mettermi addosso, su in camera mia, mi ha detto, stanotte mi sono addormentata qui sul divano...

Io ho eseguito. Sono tornata al piano di sopra, sono entrata nella tana del lupo e ho aperto l'armadio stipato di gonne, sottovesti, camicette consunte, borsette e scarpe che sembravano di altri secoli. Ho rovistato un po', indecisa su cosa scegliere, poi mi sono sentita osservata, mi sono girata e c'era lei che mi guardava. Aveva un bicchiere di aranciata in mano. Mi ha detto: Ehi, non rovistare troppo nel mio guardaroba! Vuoi un po' di succo?

Il tuo guardaroba è leggermente in disordine, ho detto.

Sono i miei abiti, però non te li posso prestare, scusami, eh.

Oh, che peccato...

Hai visto qualcosa che ti piace? Vorrei farti dei vestiti nuovi.

Perché, cos'hanno i miei jeans che non va?

Oh, niente, ha detto, e poi: Signorina Caterina, oggi ho deciso di fare un bel bagno, ma mi devi aiutare, perché le mie gambotte non mi reggono troppo bene e quella vasca da bagno è alta e difficile da domare. Come tutto il resto.

Va bene, ho detto, e siamo andate in bagno. Ho aperto i rubinetti cigolanti. Prima è uscita un'acqua scura che pian piano è diventata marrone e poi quasi chiara; l'ho lasciata scorrere per un pezzo e ho messo il tappo. Sopra una mensola tutta scrostata di un incerto colore verde pisello ho visto un barattolo di sali da bagno che doveva aver attraversato un paio di ere geologiche. Ho detto: Vuoi che ci mettiamo anche questi?

Certo! Un bel bagno profumato è quel che ci vuole dopo una notte di bisboccia.

Sembrano un po' vecchi, ho detto.

No, guarda, sono buonissimi, non scadono mai, leggi la data di scadenza.

Cerco una data sull'etichetta ingiallita ma non trovo niente. C'è una scritta che sembra a mano, con una calligrafia arzigogolata: dice che sono stati prodotti a Firenze nel 1875 da una certa Matilde.

Che cosa? Hanno davvero più di cento'anni?! E chi è questa Matilde?

Una mia vecchia amica, dice lei, le piacciono un mondo questo genere di aggeggi femminili, saponi, profumi, sali da bagno, le cosette che piacciono alle ragazze.

Resto lì col barattolo in mano. Ogni dettaglio in più che scopro sulla vita di Seraphine mi sembra folle e insensato. Ma che ci faccio qui? mi chiedo. E perché sono rimasta a dormire? Devo essere impazzita del tutto anch'io.

Ho versato i sali da bagno che profumano di mughetto, ho agitato l'acqua con le mani e si è formata una bella schiuma. Seraphine ha dato un'occhiata e la faccia le si è illuminata di un sorriso incredibile. Ha detto: Ah! che felicità! Il mio bagnetto profumato! Dammi una mano, Cati.

Ok, coraggio, Seraphine, tuffati!

Si è tolta i mutandoni e la canottiera ed è rimasta lì col suo corpaccione nudo, senza vergogna, quindi ha fatto un passo di danza come una ballerina classica sovrappeso, si è sollevata sulle punte dei piedi, mi ha afferrato un braccio e prima con una gambotta poi con l'altra è entrata nella vasca..

OOOHHHH, scotta! Aggiungi l'acqua fredda! Dai, dai!

Ok, ho detto, e ho fatto scorrere altra acqua.

Ooohhhh… adesso sì, ha detto, si è allungata

nella vasca, ha chiuso gli occhi e ha mugolato: È stupendo! È favoloso! Sono secoli che non facevo un bagno del genere! Ora lasciami sola, vai, va'.

D'accordo. Lavati per bene, anche dietro le orecchie, eh, ho fatto io, come se fossi diventata la sua mamma.

Vai, vai, ha detto lei, smuovendo la schiuma con le mani.

18.

Quando è da un pezzo in ammollo, Seraphine mi chiama: Cati, senti, senti una cosa. Vieni qui, facciamo due chiacchiere.

Ok.

Passami la spugna, per favore.

Io eseguo e lei mi guarda per qualche secondo dritto negli occhi, come se mi scavasse fin dentro le budella. Allora, che te ne pare? mi chiede. Stai bene qui?

Be', non lo so, non ti conosco molto, Seraphine, non so chi sei!

Ma sei in casa mia, adesso.

Sì, be'... sono scappata dal manicomio e non sapevo dove andare.

E delle tue amiche che hai lasciato laggiù che mi dici?

Oh, le mie amiche. Mi ci stavo affezionando,

specie ad Alice. Mi sarebbe piaciuto fare qualcosa per lei, pensavo sempre a come portarla fuori di lì, insieme a me, e anche a scappare via tutte insieme, ma era davvero un casino... Alla fine, pensavo, cosa avrebbero fatto fuori di lì, lei, la Simo, le altre? Erano simpatiche, ma anche tanto fuori di testa.

Fuori di testa, eh?

Sì, e poi coi trattamenti che ricevevano stavano sempre peggio. Sai cosa diceva Alice? Diceva di essere una figlia della luce, e che anche io lo sono, che il nostro compito era smascherare e distruggere la dottoressa Callista, la Piedona.

Può darsi che dicesse la verità, la tua amica, fa Seraphine.

Eh? la guardo perplessa. Ma che cosa dici? E come fa a saperlo?

Va bene, facciamo un patto. Come ti ho detto, puoi restare qui da me per un po' di tempo. Tu mi dai una mano nelle mie faccende e io ti insegno qualcosa.

Qualcosa tipo?

Mah, vediamo, per esempio potrei insegnarti a trasformare una zucca in una carrozza...

Ah ah ah... quel genere di storie mi hanno sempre fatto ridere, Seraphine, nemmeno da bambina ho mai creduto alle fate coi capelli turchini e ai topolini che si trasformano in principi azzurri.

No, quelli sono i ranocchi: un topo non potrà mai diventare un principe. Non confondiamo le cose.

Sei un fenomeno, Seraphine.

Tu alle fiabe non hai mai creduto perché non hai mai potuto essere una bambina. È così?

La guardo in silenzio. Come fa ad andare sempre così dritta al punto?

Hai dovuto occuparti di tua madre, dei suoi problemi e di tutto il resto, e non hai avuto il tempo di essere piccola, dice.

Non lo so, e poi questo genere di pensieri mi deprime, dico io, cercando di cacciarli, i pensieri, con un gesto della mano.

D'accordo. Allora?

Allora cosa?

Affare fatto? Tu mi dai una mano in casa e io ti insegno qualcosa?

Va bene. Ma che genere di cose mi puoi insegnare tu?

Semplice: quelle che non ti ha mai detto nessuno. I segreti per vivere bene, per essere felici, senza incazzarsi col mondo perché non ci dà quello che vorremmo.

Questo mondo, Seraphine, è orrendo, è un posto pieno di robe allucinanti, di persone cattive e senza cuore. E una ragazzina della mia età conta meno di zero.

Passami quella saponetta, per favore, taglia corto lei.

Con la punta delle dita ho preso una vecchia saponetta viola dentro una stella marina impolverata e gliel'ho allungata. E poi non mi sono trattenuta. Ho detto: Scusa, Seraphine, ma tu li conosci sul serio?

Che cosa?

Questi famosi segreti per vivere bene.

Oh, certo, non siamo mica qui a perdere tempo!

Be', ho detto, sai, questa casa piena di roba vecchia, i gatti, i barattoli con le erbe rinsecchite e tutto il resto... Scusa, non vorrei offenderti ma non mi sembri una che ha in pugno il segreto di una vita fantastica, eh.

Ahahahah, che osservazione banale, Cati.

Come, banale?

Sì, banale. Eppure, sono sicura che hai dei doni. Per esempio so che non sei cattiva e che vorresti aiutare le persone...

Io?

Dimmi una cosa, Cati: come te l'immagini qualcuno che conosce i segreti? Ti immagini una che vive in quelle ville che si vedono nei film? Con la piscina, gli occhiali da sole, eccetera?

Be', le fate per esempio, sono tutte fighissime, questo è risaputo... dico io.

Ok. E com'è una donna fighissima, com'è secondo te?

Oh, be'... è che...

Passami quell'asciugamano, per oggi sono stata a mollo abbastanza, anzi sono stata a mollo abbastanza per i prossimi centocinquant'anni!

Le ho passato un telo giallognolo e lei ci si è avvolta dentro, è uscita dal bagno e si è afflosciata su una sedia, come chi si sta dicendo di aver già fatto abbastanza. Poi con uno scatto si è alzata, ha spalancato le finestre, è andata nella sua stanza, ha preso le coperte e le lenzuola dal letto e le ha appoggiate a prendere aria sulla finestra. Ha detto: Vai a prendere quel libro che hai visto, quello sull'autentico magico potere femminile.

Sono tornata a recuperare il tomo e l'ho dato a Seraphine. Le ho detto: Eccolo, ecco il mattone.

Bene, aprilo al secondo capitolo. Leggi ad alta voce, per favore.

Ho cercato nell'indice e ho eseguito: *Noi don-*

ne dotate del Magico Potere per sopravvivere nel mondo degli uomini abbiamo sempre dovuto fingere di essere qualcos'altro, ci siamo nascoste e ci siamo vergognate di quello che siamo e di quello che proviamo. Sentendoci minacciate, abbiamo dovuto camuffare o sotterrare o svendere il nostro vero Potere. La nostra personale magia! Che sarebbe poi la nostra natura più autentica, sapiente, amorevole, libera, giocosa, seducente, generosa e spirituale. E anche un po' folle. Una natura che capisce le cose in profondità. Noi sappiamo le cose. Sappiamo che l'amore è l'energia più potente che esiste nell'universo. E quindi abbiamo già tutto ciò che ci serve per essere felici. Sveglia, ragazze! È arrivato il nostro momento!

Ecco, questo è il punto, Cati! ha detto Seraphine. E ha aggiunto: Basta così, per ora. Andiamo giù.

Siamo tornate al piano di sotto e anche qui ha spalancato le finestre, ha lasciato cadere il telo giallo che la avvolgeva e tutta nuda si è messa a fare ginnastica davanti alla finestra aperta: si tocca i piedi con la punta delle dita, poi ruota le spalle da una parte all'altra, con i pugni sui fianchi.

Non... non prendi freddo, Seraphine?
Dovresti farla anche tu un po' di ginnastica, fa bene al corpo e al cervello, ti schiarisce le idee.
Un'altra volta.
Niente ginnastica, ragazzina?
No, non è roba che fa per me.
Be', come vuoi. Senti, mi vai a prendere un paio di mutande e una canottiera pulite nel comò di fronte al mio letto? Secondo cassetto in alto.

Qui la ginnastica finisco per farla lo stesso, mi sono detta. Sono tornata di sopra, ho aperto il cassetto guardando la mia faccia nello specchio mezzo annerito e mi sono scoperta con il viso più disteso, come se fosse stato cancellato il velo che mi ritrovavo sempre addosso. Il cassetto era il regno delle vecchie canotte di Seraphine, delle magliette, dei mutandoni giganti, e di svariati pezzi di lana colorata lavorati a maglia, forse sciarpe, nella visione di Seraphine. Poi, in mezzo a tutto questo, un mucchietto di banconote, biglietti da cinquanta euro nuovi di zecca tenuti insieme con un elastico. Quanti saranno stati? Un centinaio, anche di più. Sono rimasta a rigirarmi il mucchietto di soldi fra le mani. Avrei potuto prenderli e poi scappare via, con quei soldi potevo saltare su un treno, andare in una città lontana. Il fatto è che ero già fuggita altre volte, e poi ero sempre tornata indietro. Mi sono detta che forse quelli erano tutti i risparmi di Seraphine e le sarebbero serviti per vivere il resto dei suoi giorni; non potevo essere così cattiva da portarglieli via. Ho rimesso i soldi sotto il mucchio di biancheria, ho scelto un paio di mutandoni bianchi extralarge, una canotta di lana rosa con qualche buchetto e sono tornata da lei. Lei ha detto: Senti, prendimi anche la camicetta a fiori e i pantaloni gialli sulla poltrona, oggi mi vesto colorata, ho voglia di colori simpatici.

Ho fatto dietrofront e ho cercato quello che mi aveva chiesto.

Mentre si stava vestendo ha detto: Ora, prima di iniziare un esercizio, voglio dirti una cosa importante.

Va bene, capo.

Sei pronta? ha fatto lei infilando le gambotte e il sedere nei pantaloni gialli che chissà dove aveva scovato: avevano la vita bassa e il taglio a zampa d'elefante. Le davano un aspetto davvero buffo. Ho cercato di non ridere.

Allora, prendi nota: tutto quello che provi, tutti i tuoi sentimenti, le emozioni che provi, per quanto ti possano sembrare imbarazzanti o cattivi, per quanto tu possa desiderare di non provarli, sono buoni.

Che cosa?

Ci senti? Hai problemi di udito?

No.

Ha sbuffato, poi ha ricominciato, paziente: Tutto quello che provi è roba tua, e dunque è roba buona. Accoglila con amore. Non vergognarti di quello che senti. Non sentirti in colpa o sbagliata.

D'accordo. E adesso che ho avuto questa grande rivelazione cosa cambia per me, secondo te?

Niente, oppure tutto. Non si sa.

Be', mi sei veramente d'aiuto, Seraphine.

Tutto quello che senti va bene. Ma ricorda anche che l'unica cosa reale è l'amore. Mentre tutto il resto è solo una richiesta d'amore.

Eh?

Sì. Prendiamo la paura, o la rabbia, o l'odio per se stessi e per gli altri.

Allora?

Allora: tutto quello che non è amore, ti sembrerà bizzarro, ma è solo una forma di richiesta d'amore.

Non ho capito, Seraphine.

Non importa. A un certo punto capirai.

Quindi tu dici che solo l'amore è reale?

Proprio così.

Ma io e te, per esempio, cosa siamo?

Semplice: siamo amore. Ricordati, Cati, che le persone che sono state molto ferite dalla vita sono quelle che salveranno il mondo.

Ho capito.

Un giorno ti darai una botta su quel testone riccioluto e dirai: Ma aveva ragione quella svitata di Seraphine! Me l'aveva detto che le cose stavano così!

E se non fosse così? Se ti sbagliassi su tutta la linea? Vuoi sentire anche il mio parere, Seraphine?

Certo.

Il mondo fa schifo! E le ragazzine sbandate non hanno nessuno al mondo che le ama. Il mondo è ingiusto, altroché amore!

Ah ah ah, sei forte, Cati! Mi piaci, mi ricordi me alla tua età!

Ma come? Ti ho detto che il mondo è orribile! Allora non hai capito.

Senti una cosa, se provassimo a eliminare la frase *il mondo fa schifo*? Pensi che sia possibile?

No, assolutamente no!

Pensi che ti sentiresti persa senza ripetere giorno e notte che è tutto uno schifo e che nessuno ti ama?

Sì, certo che mi sentirei persa, se non posso più nemmeno lamentarmi allora spacco tutto!

Lo sapevo, piccin, ha detto, guardandomi con allegria. Sei destinata a fare grandi cose.

Io l'ho guardata senza parlare. Seraphine è pazza, mi sono detta. Ma con lei sto bene. E non ci ho pensato più.

19.

La mattina dopo ho dato un'occhiata alla cucina e ho deciso che avevo fatto un buon lavoro. Ho tirato a lucido il lavandino, il tavolo, i fornelli e la stufa. E anche gli armadietti pieni di mille barattoli, scatole e scatolette. Ho lavato tutte le tazze, i bicchieri e i piatti. Poi ho impilato i piatti uno sopra l'altro e ho infilato le pentole una dentro l'altra. Ho lavato anche il pavimento. Seraphine ha deciso che era il momento giusto per sbrinare il frigo, ma ho protestato: basta. Sono andata a sedermi sul divano, stanchissima, e ho detto: Be', per oggi la giornata me la sono guadagnata.

Seraphine è arrivata con un vestito lungo di seta, azzurro cielo. Il vestito era elegante, però se l'era infilato insieme a tutto il resto, ovvero la sua tenuta preferita: jeans scalcagnati, felpa col cappuccio e stivaletti con le stringhe.

Ho detto: Che eleganza!

Vero? ha fatto lei.

Mi sono messa a ridere, ma lei non rideva. Mi ha guardata di nuovo in quel modo che aveva di arrivarmi fin dentro e mi ha detto: Alzati, Cati, vieni qui.

Ho eseguito anche se ero spompata. Lei mi ha preso una mano e ci siamo messe al centro della stanza. Ha detto: fai qualche bel respiro profondo, con la bocca chiusa, respira e rilassati, chiudi gli occhi. Accetta quello che senti, accetta le tue emozioni, non respingerle, non lottare contro.

Io ho eseguito, sperando solo di non ritrovarmi a fare uno degli esercizi di pilates della Titti. Con me questa roba non funziona. Ma Seraphine si è messa a cantare, piano, dolcemente. È una canzone in inglese, stranamente capisco tutte le parole, e dice così: *I've lived a life that's fuuullll… I'm sure you knew… aaand did it my waaayyy…*

Dopo un po' ha cambiato tono. Ha detto a voce alta: Guarda che bel cielo, oggi non c'è una nuvola, è una giornata stupenda, dai un'occhiata!

Ho sgranato gli occhi, mi sono separata da lei e sono rimasta a bocca aperta a guardare il soffitto diventare di colpo tutto azzurro. Ho continuato a guardare, e non era solo un soffitto azzurro, non era più un soffitto, ma un cielo aperto che mi sembrava senza fine, e mi stava risucchiando dentro: forse stavo per sparire nell'infinito.

Mi girava la testa, ho guardato Seraphine che è andata verso il tavolino basso e ha allungato la mano verso il piatto di biscotti, ne ha preso uno e ha iniziato a masticarlo sparandomi uno dei suoi sorrisi gioiosi. Ha detto: Non male, eh?

Ma come… come ci riesci, Seraphine?

Eh eh, ha fatto lei, continuando a sgranocchiare i biscotti al cioccolato. Si è pulita le mani sul vestito di seta e ha detto: Ok, adesso attenta, eh!

Cosa? ho detto.

Ha cercato qualcosa sulla scrivania, ha spostato i libri, i fogli e i piattini per i gatti finché ha trovato un coltellino pieghevole, l'ha aperto e si è passata la lama all'interno del pollice sinistro. Si è ferita leggermente. È uscito del sangue.

Cosa cavolo… ho detto, sperando che non fosse andata del tutto via di testa.

Ecco, ha detto, allungando la mano ferita verso di me. Guariscimi!

Eh?

Guariscimi, coraggio.

Ma che ne so io, io non so fare le magie. Non so guarire la gente!

Però sei capace di ferirti, sei capace di farti del male e di farne agli altri.

Io...

Allora?

Cosa ne sai tu di me? ho urlato.

Dimmi qualcos'altro, ragazzina, il capitolo *cosa ne sai tu di me* lo abbiamo già letto.

...

Allora, piccin?

Uffa, sì, ho fatto delle cazzate.

E quindi?

E quindi e quindi... basta, cos'è, un interrogatorio? Chi sei, sei una poliziotta? O una strizzacervelli tipo la Callista Piedona?

No, io sono Seraphine, e cerco di essere tua amica.

Ah sì, sei mia amica? Gli amici non prendono una ragazzina sola dentro un bosco per portarla in una casa orrenda. Gli amici non ti fanno pulire tutto il loro sporco come una serva, e senza pagarti nemmeno.

Lei ha detto: Io in cambio ti insegno dei segreti, te l'ho promesso.

Va bene, sai che ti dico? I tuoi segreti non

mi interessano, non voglio imparare niente, non ci tengo, non me ne frega niente! Ho incominciato a urlare, non so perché. Con le sue parole, con quel taglio Seraphine si era avvicinata a qualcosa, forse a un posto dentro di me dove non volevo fare entrare nessuno. Dove non volevo entrare nemmeno io, perché faceva male.

Ho preso il mio giubbotto e sono uscita sbattendo la porta.

Ho attraversato l'orto, ho aperto il cancello e mi sono incamminata per la strada, in direzione opposta al bosco. Marciavo furiosa, arrabbiata con me stessa, con lei e con la vita, che era troppo dura con me.

Ho camminato per un bel pezzo e quando non ce l'ho più fatta mi sono seduta sul marciapiede e mi sono messa a piagnucolare come una poppante, vergognandomi di me, di quella che sono, di quello che sento e di tutto quanto.

Mi è sembrato di non potermi fidare di nessuno al mondo. Le uniche amiche che ho sono la Alice e la Simo, e sono messe peggio di me.

Sono rimasta su quel marciapiede, sconsolata, disperata, e poi all'improvviso ho pensato: Non è vero che sono sola al mondo. Io ho lei! Ho questa grassona che fa tutte queste cose strane! Porca miseria, ho capito che mi mancava Seraphine. Non è possibile, non può essere, dicevo a me stessa. Invece sì, lei mi aveva aiutata, mi aveva salvata quando ero nel bosco e poi in fondo stava cercando di darmi delle dritte. Di insegnarmi qualcosa.

Ho provato una cosa stranissima, ho sentito che un po' le volevo bene e che lei ne voleva a me.

Ho pensato: Seraphine, non mi abbandonare!

L'ho vista materializzarsi in fondo alla strada, col suo abito azzurro infilato sopra i jeans e la felpa, l'ho vista correre verso di me, goffa, veloce, come una ragazzina grassa e allegra. Saltellava e gridava, stava dicendo, Catiiii... Caaaati... ti voglio bene anch'io! Vieni, ti faccio un tè coi biscotti!

Mi sono alzata dalla mia postazione sul marciapiede e l'ho raggiunta. Quando ci siamo abbracciate ho ricominciato a piangere come una mocciosa.

Lei mi ha dato delle pacche sulle spalle e mi ha accarezzato i capelli, poi si è messa a cullarmi mentre diceva: Va bene, apri il rubinetto, qualche volta ci vuole, va bene... e mentre ci davo dentro coi singhiozzi lei mi ha cantato piano la canzone che cantava prima, quando aveva fatto comparire il cielo dentro il soffitto.

Le ho detto, ma cosa stai cantando? È qualcosa di magico?

Sì, proprio così, *My Way* è una canzone magica...

Sai, Seraphine, io non volevo davvero fare del male alla Titti, e non volevo fare tutto quel casino col portone, il sangue, i tagli. Sapessi come ci stavo male mentre lo facevo. Mi credi?

Sì, ti credo, ha detto lei, e poi ha ripreso a cullarmi con la sua canzone.

Io con la faccia nascosta nella sua spalla ho detto: È solo che avevo dentro qualcosa che non riuscivo a capire, qualcosa che voleva uscire.

Sì, lo so, ha detto lei, e ha continuato a tenermi stretta.

Le ho detto: Mi sembra di stare con la mamma, sai, mi sembra che lei sia qui con noi adesso.

È così, ha detto Seraphine. È proprio così, lei è qui con noi. La sento anch'io.

Io ho smesso di piangere anche se ero ancora tutta scossa dai singhiozzi. Ho continuato a stare abbracciata a quella donna strana, che al momento era tutto quello che avevo.

20.

Nel pomeriggio, Seraphine ha tolto via dal pollice ferito un piccolo fazzoletto rosa che teneva stretto intorno: si vedeva ancora la carne aperta e un po' di sangue secco. Ha alzato la mano destra e ha preso a passarci sopra l'indice e il medio, lentamente, a qualche centimetro di distanza. Ho visto il taglio che si rimarginava da solo, di colpo. Lei mi ha sventagliato la mano davanti al naso ed è scoppiata in una delle sue risatc. Ha detto: *Et voilà!*

Accidenti, ho detto io.

Già, accidenti.

Come hai fatto?

Mi sono concentrata, piccin.

E basta?

Il corpo cerca sempre di guarire, di rimediare

ai problemi che noi gli infliggiamo. Io ho solo indirizzato l'energia per aiutarlo, per farlo guarire più veloce.

L'energia? Che energia?

L'energia dell'universo. Tutto quanto nell'universo è energia e ci sono diversi modi di utilizzarla, però bisogna fare attenzione, imparare a entrare in contatto solo con quella più pura, solo con la più potente energia che esiste! La più pura e potente energia che esiste nell'universo!

E tu la conosci? La sai usare, Seraphine?

Ogni tanto mi riesce.

Ma guarda questa, ho pensato. Ho detto: Lo insegni anche a me?

Sono qui per questo!

Sul serio?

Certo, ragazzina.

Allora io, tutta eccitata, le ho chiesto: Senti, Seraphine, lo fai di nuovo?

Che cosa?

Ti tagli ancora e rifai la magia?

Ehi, andiamoci piano, piccin! Prima di tutto per usare l'energia devi sapere bene cos'hai nel cuore: questi stessi poteri potresti usarli per il male. E prima o poi finiresti distrutta dal tuo stesso dono.

Allora io voglio essere una grande maga! Voglio essere una grande guaritrice!

E poi?

Cosa?

Vuoi essere una guaritrice, una grande maga?

Sì.

E cosa te ne fai del potere?

Io, io spacco tutto, ho detto. Mi sono messa a saltare per la stanza e ho cominciato a dare dei pugni nell'aria. Mi sento un campione! Io sono un campione, ho detto, sono il campione del mondo, come un film che avevo visto insieme a un fidanzato di mia madre su un leggendario campione di boxe. Ho continuato a saltellare con aria di sfida contro un avversario immaginario, ho tirato altri pugni micidiali nell'aria mentre i gatti schizzavano via e Seraphine rideva, rideva. Mi piaceva fare la buffona e farla ridere. Sono il campione del mondo! Sono il meglio! ho gridato.

Prima di tutto sei una ragazza, anzi, una ragazzina, quindi come puoi essere un campione? ha detto continuando a ridere.

Non importa, sono un campione senza il pisello!

Lei ha continuato a ridere, non la smetteva più. E l'energia femminile? ha detto poi. Dove la mettiamo?

Che cosa?

Se vuoi avere il potere, un potere personale, devi conoscere la tua energia femminile, ha detto lei. Altrimenti non sarai mai una maga.

Io me ne frego dell'energia femminile, io sono il più grande campione del mondo!

Cati, tu devi conoscere quello che hai nel cuore, e saperlo usare!

Eh, insomma, la fai troppo lunga, ho detto, e mi sono buttata sul divano col fiatone. Me lo insegni o no, come si fa con questo potere?

E poi che te ne fai?

Poi cosa? Sono potente! Spacco tutto!

No. Poi devi aiutare gli altri.

Aiutare gli altri? E perché?

Non vorrai tenerlo solo per te, vero? Questo è egoismo, e non va bene.

Ma sei sicura?

Sì, assolutamente.

Ma io li detesto, gli altri!

E allora niente, ha fatto lei, smettendo di ridere.

Un po' mi è dispiaciuto, perché quando ride

Seraphine è come se si illuminasse tutta di una strana luce, è come se il sole entrasse di colpo dentro casa.

Ha detto: Vediamo un po'. Le tue amiche strane, quelle che stavano in manicomio con te, non le detestavi, però.

No! Le amavo con tutta me stessa.

Ah, allora non è vero che detesti tutti!

No, Alice mi piaceva, e mi piaceva anche la Simo, che marciava tutto il tempo avanti e indietro: avrei fatto qualunque cosa per vederle meno sballate e per portarle via di là! Qualunque cosa, te lo giuro!

Va bene, ti credo.

Allora?

Allora cosa?

Voglio fare la maga, voglio fare la guaritrice! Voglio fare qualcosa per loro.

Tu hai dei doni, e questo vuol dire che farai parte delle adepte.

Adepte di cosa?

Non è ancora il momento. Non sei pronta per sapere tutto.

Non è vero, io sono pronta, sono potente e coraggiosa.

D'accordo.

Ho detto: Insegnami! Insegnami, sennò scappo via, me ne vado anche di qui.

E dove vai? ha detto lei trattenendo una risata.

Non lo so, vado a vivere nel bosco, divento una selvaggia.

Una selvaggia, già lo sei, ha fatto battendosi una mano sulla coscia.

Seraphine, insegnami qualcosa, voglio avere il potere!

Lei fa una pausa, ci pensa un po' su e poi dice: Sei pronta a fare un giretto?

Andiamo, mi metto il giubbotto.

Non occorre, ha detto. Ha mangiato un altro biscotto, ha mosso un po' le mani come due trottole e ho sentito una ventata, una specie di piccola tromba d'aria che ci avvolgeva.

Ci siamo ritrovate fuori, all'aria aperta. Non eravamo più in casa, ma sulla cima di una collina. Ho guardato il cielo limpido, ho spostato lo sguardo verso la vallata che si apriva in fondo e ho visto decine di uomini con vestiti bizzarri, corazze, scudi, elmi sulla testa: forse stavano girando un film? Seraphine mi ha posato una mano sulla schiena e mi ha spinto leggermente, dicendo: Andiamo.

Mentre scendevamo dal pendio ho visto che molti uomini erano accasciati, feriti o stesi per terra, immobili, pallidissimi. Ce n'era uno che aveva una mano mozzata, un altro una gamba, qualcuno aveva la pancia aperta. C'era un odore di bruciato e di sangue e avevo paura, avevo voglia di vomitare. Ma che razza di posto era?

È un film? ho chiesto a Seraphine.

No, tesoro, non è un film.

Dove siamo?

È un campo di battaglia, gli uomini stanno facendo una delle loro guerre inutili, ha detto lei con una smorfia di dolore e gli occhi pieni di lacrime. Gli uomini fanno sempre le stesse assurdità da quando sono al mondo: non fanno che ferirsi, sgozzarsi e ammazzarsi fra di loro. Che orrore!

Ma… in che anno siamo?

Secondo secolo dopo Cristo, credo. Aspetta, chiediamo a quest'uomo in che anno siamo, ha fatto, indicando un giovane disteso che rantolava. Aveva qualcosa che colava da un occhio, non ho voluto approfondire cosa, ho spostato lo sguardo, ho detto: No, lascia stare, Seraphine.

Come ti senti? mi ha chiesto lei.

Non tanto bene.

Lo vedi? Non sei pronta. Sei troppo sensibile al dolore degli altri, non hai nessuna forza per stare accanto a chi sta male. Ti lasci tirare giù.

Ma sono solo una ragazzina, Seraphine, ho protestato.

Va bene, io vado a fare due passi. Ci vediamo dopo.

Che cosa? Non lasciarmi qui!

Il tempo di dirlo ed era sparita.

Ho posato lo sguardo su un giovane con gli occhi scuri, bellissimi, che si stava lamentando, era caduto a pancia in giù, allungava una mano verso di me e diceva: Aiutami! Fai qualcosa, ti prego! soffro troppo.

Io… non… non so…

Aiutami, per favore!

Aveva una ferita sul viso, uno squarcio che partiva da sotto il collo, e perdeva fiotti di sangue. La corazza l'aveva protetto ma quella parte era rimasta esposta. Mi sono avvicinata. Poteva avere diciotto o al massimo diciannove anni, mi sono accoccolata sui talloni e ho allungato una mano verso lo squarcio, ho cercato di fare come aveva fatto Seraphine, ho passato l'indice e il medio lentamente a qualche centimetro sopra la ferita, ho socchiuso gli occhi e ho cercato di respirare. Ma non è successo niente. Lui ha detto ancora: Aiutami, per favore!

Lo sforzo di restare lì e non fuggire mi faceva girare la testa. Il ragazzo emanava onde di dolore che mi facevano male, sentivo la sua sofferenza come fosse la mia. Non riuscivo a fare niente né per lui né per tutti quei corpi che erano stati spezzati, e l'odore di bruciato e di sangue mi prendeva alla gola. Mi dispiace, ma non ce la faccio, gli ho detto, non so guarire le persone. Non so fare niente.

Mi sono rialzata e ho cominciato a correre via di lì. Ho cercato di raggiungere la cima della collina. Mentre correvo mi è venuto incontro un uomo con le mani premute sullo stomaco, lo vedevo barcollare, si teneva la pancia fra le mani, quello che sta dentro, intendo, le budella, il sangue e tutto il resto, mi dice: Aiutami, per favore, aiutami!

Seraphine! Seraphine! ho chiamato forte ma lei non è arrivata. Ho detto all'uomo: Perdonami, non riesco ad aiutare nessuno, nemmeno me stessa... L'ho guardato, aveva gli occhi scuri e i capelli ricci, mi ricordava qualcuno, mi sembrava di conoscerlo. Ma come facevo a conoscerlo se eravamo nel passato? Eppure... Ho gridato ancora: Seraphine, non lasciarmi qui, non lasciarmi nel campo di battaglia, per favore…

E mentre urlavo così mi sono ritrovata di colpo sul nostro divano scalcagnato di pelle di serpente, circondata da un terzetto di gatti bianchi e neri che mi guardavano con la coda diritta. Lei stava portando una teiera sul tavolino.

Seraphine, che brutto scherzo mi hai fatto! le ho detto.

Non era uno scherzo, piccin, era per farti capire che certe cose non vanno mai prese alla leggera… quando dici che vuoi essere una maga, che vuoi essere una guaritrice, devi sapere cosa stai dicendo.

Ti credo… credo di avere imparato la lezione, ho detto pianissimo, sei una grande insegnante!

Proprio così, ha detto lei, la migliore nel mio campo! Dimmi una cosa, Cati, hai visto qualcuno che ti sembrava di conoscere nel tuo salto nel tempo?

Qualcuno… sì, forse, ho detto. Ma come fa a saperlo? ho pensato.

Qualcuno che ti ricordava qualcuno?

Sì, ma non capisco chi. E poi come facevo a conoscerlo se eravamo nel Medioevo o chissà quando?

Intanto non eravamo nel Medioevo. E questa è un'altra cosa che voglio dirti: il tempo lineare, come ci hanno insegnato a percepirlo, è una convenzione. Il tempo lineare non esiste.

Come, non esiste?

Si può dire che in realtà viviamo sempre in un eterno presente multidimensionale.

Multicosa?

Quando prendiamo contatto con la nostra forza vitale, col nostro potere, noi siamo in grado di abbattere la barriera del tempo. Del tempo come lo percepiamo di solito, capisci?

No.

La nostra forza vitale, l'essenza della nostra vita, esiste al di là del tempo e dello spazio. È infinita e illimitata.

Sai, Seraphine, questo forse è meglio che me lo spieghi un'altra volta...

D'accordo.

Ho già avuto la mia dose di prodigi per oggi.

Va bene. In ogni caso, quell'uomo che ti chiedeva aiuto era l'uomo che è diventato tuo padre in questa vita.

Cosa? Sembrava che non riuscissi a dire altro, lo so.

Cati, d'accordo, è difficile da credere, ma ascolta: tutte le persone con cui abbiamo a che fare, specie quelle con cui abbiamo legami importanti e complicati, come i nostri genitori, per esempio, li abbiamo già incontrati in altri momenti prima di questa vita. Sono stati nostri insegnanti o nostri nemici, hanno avuto molti ruoli, e continuiamo ad averci a che fare per imparare delle lezioni importanti.

Lezioni? Ma cosa dici? Cosa ti inventi adesso?

Non mi credi?

Scusa, ma che lezioni dovrei imparare io da quell'insulso di mio padre?

Be', non lo so: per esempio, potresti imparare qualcosa su te stessa.

In che modo?

Osservando i tuoi sentimenti, le tue emozioni, le paure.

Senti, Seraphine, ho già tanti di quei guai che ora non posso mettermi anche a pensare a mio padre e ai miei sentimenti per lui.

Ma un giorno dovrai farlo: non puoi liquidare tutto così.

D'accooooordo, ho detto io, che continuavo a non avere nessuna voglia di mettermi a rimuginare su tutto questo.

21.

Il giorno dopo, mentre raccolgo i pomodori e il basilico nell'orto, rimango un po' di tempo a pensare a Villa Sorrisofinto e ad Alice, e anche a mio padre. Mi dispiace pensare che forse hanno bisogno di me. Mi sento a terra, mi sembra che quello che è successo ieri sia la dimostrazione che non riesco a fare mai niente come si deve. Che vergogna! Però quel viaggio nella valle con i guerrieri antichi, che roba! Mentre rientro in casa, un paio di gatti mi vengono incontro. Ho l'impressione che mi sorridano e che mi vogliano dire qualcosa. Ah, eccoti, finalmente, mi dice Seraphine, con le mani sui fianchi. Ce ne hai messo di tempo!

Poso sul tavolo il cestino coi pomodori e il basilico e vado a sedermi sul divano. I gatti ormai sembrano del tutto abituati alla mia presenza. Uno di loro, quello rossiccio grassoccio, è venuto a piazzarsi sulle mie gambe.

Ti preparo un bel tè? mi ha chiesto Seraphine.

Tè e biscotti? ho detto io, lei è andata in cucina e dopo un po' l'ho sentita borbottare, canticchiare, aprire e chiudere sportelli.

Ho accarezzato il Rosso e gli ho detto: Allora che ne dici, vecchio mio? Mi staranno cercando? E se mi ribeccano mi rinchiuderanno in un posto peggiore? Mi sto rificcando in un altro dei miei guai, Rosso?

Il micio mi ha strofinato la testa contro la mano, una carezza spiccia, poi mi è arrivato una specie di messaggio telepatico, forse me lo sono solo immaginato, ma ho sentito una voce dolce, di donna, che arrivava dal micio e mi diceva: Stai calma, Cati, rilassati, qui da noi, vedrai, ti troverai bene. Conoscerai molte cose che ora non immagini nemmeno. Non avere paura.

Dalla cucina Seraphine mi ha detto: Mentre preparo qui dai un'occhiata al mio tavolo da lavoro, ci dovrebbero essere dei fogli da disegno e dei pastelli. Se vuoi puoi disegnare.

Grazie, ho detto, e poi, guardando Rosso, gli ho chiesto: Come fa Seraphine a sapere che mi piace disegnare?

Mi sono alzata e sono andata in un angolo del salone dove c'è quello che lei chiama il suo tavolo da lavoro. Ho spostato un piatto con delle bucce di banana, gusci di noci e nocciole, un rotolo di carta igienica, una pila di scatolette di cibo per gatti e ho trovato un paio di album da disegno. Ho urlato: I colori dove sono, Seraphine?

Non lo so, fruga nei cassetti!

Ho preso una sedia e mi sono messa comoda. Ho cominciato a tirare fuori di tutto: c'erano varie tessere con la sua foto che dicevano che poteva entrare gratis nei musei, avere sconti al cinema e a teatro, e trasporti gratuiti. Anche sui treni e gli aerei. Poi c'era un foglio ingiallito piegato con cura. L'ho aperto: diceva che Seraphine Du Puits si era sposata nel 1973 con Gaetano Vivace. Dunque è stata sposata!

Ho continuato a tirare fuori pettinini, forbici, cartoline, piccoli soprammobili di porcellana, nastri. Sotto tutto questo c'era una busta verde, con scritto VECCHIE MEMORIE: non ho potuto fare a meno di aprirla. Mi viene incontro una ragazza sui vent'anni, riconosco i suoi occhi verdiazzurri e la faccia di luna piena, il naso appuntito all'insù e le labbra con quella sua espressione mezzo stupita mezzo arrogante. È lei, è Seraphine da giovane. Ma c'è qualcos'altro, una specie di aria di famiglia, molto strana. Era carina, Seraphine da giovane, non una gran bellezza, però aveva l'aria buffa, divertita e arrabbiata allo stesso tempo, da una che ti prende in giro. È un'aria che ho anch'io, che mi ritrovo a volte quando mi guardo riflessa dentro uno specchio o in una vetrina. In un'altra foto si vedono degli alberi e la campagna sullo sfondo, lei ha i capelli raccolti sulla testa, molto disordinati, con ciocche che le cadono ai lati della faccia, il corpo avvolto in un grembiulone chiaro, è già una ragazza alta e massiccia. In un'altra foto è circondata da tre donne con degli abiti lunghi, sembrano contadine oppure operaie, sopra i vestiti portano dei grembiuloni con le pettorine, e due di loro hanno dei larghi cappelli, una ha la cuffia e tengono in mano dei gomitoli di lana e un telaio per ricamare. È una foto vecchissima, color seppia.

Nell'ultima foto porta un vestito a fiori con le maniche corte e tiene in braccio una bimbetta di un paio d'anni che muove la mano come per salutare chi sta facendo la foto. La bambina sorride, mentre lei ha un'aria seria, quasi triste, con le labbra che cadono giù, come se avesse visto o le avessero appena detto qualcosa che l'ha davvero delusa.

Seraphine è entrata nella stanza, ha appoggiato il vassoio col tè e i pasticcini e ha detto: Visto qualcosa?

Scusa, mi sono messa a curiosare...

Hai fatto bene, non mi dà fastidio.

Ho detto: Seraphine, secondo te una persona può sentir parlare un animale?

Certo, è la cosa più naturale che c'è, comunicare con gli animali, e anche con le piante. A volte è utile, loro hanno una saggezza diretta e non hanno mai paura di dirti quello che sentono.

Ho capito. Senti, hai delle belle foto, perché non le raccogli in un album? Sei davvero la regina del disordine, in questo sei come me.

Ma il disordine, piccola, a me sta bene, mi fa venire delle buone idee, e quando ho bisogno di una cosa so subito dove trovarla!

Potresti far venire qualcuno a pulire...

No, potrebbero ficcare il naso dove non si deve.

Ok.

E poi adesso mi darai una mano tu, giusto?

Giusto, faccio io. Senti, Seraphine, ho visto che... insomma, che sei stata sposata.

Ah, sì, è successo secoli fa! Ih ih ih...

E com'è andata? Dov'è adesso questo Gaetano?

Eh, non lo so, devo confidarti che era un po' noioso, però ero stregata dalla sua bellezza, e dalla sua potenza erotica! dice, e scoppia a ridere buttando la testa indietro e dandosi delle gran pacche sulle gambe.

Poi aggiunge: D'altronde, io ero una ragazza che aveva bisogno della sua libertà, non ho resistito a lungo, sai! e giù un'altra risata da far tremare i vetri delle finestre.

E la bambina? Avevi una bambina in braccio.

Lei è ammutolita di colpo, ha appoggiato la tazza col tè, ha guardato fuori dalla finestra e ha preso a battere le palpebre.

Tutto bene, Seraphine? Ho detto qualcosa che non dovevo?

Nessuna risposta.

Ho dato un paio di colpetti di tosse, mi sono alzata e mi sono fatta un giretto in cucina, poi sono tornata. Un gatto è saltato sul divano e si è sistemato sulle sue gambe, lei ha preso a carezzarlo distrattamente, ha detto: Sì, sì, piccin.

Scusami, ho detto io, forse ti ho fatto troppe domande.

No, no, te ne parlerò, un giorno, ora no, non è il momento buono.

Come vuoi.

Poi ha scrollato le spalle, come per buttare giù qualcosa che le si era arrampicato addosso, e ha detto: Adesso facciamo un esercizio!

Ha acceso parecchie candele e dei piccoli coni d'incenso. Ci siamo sedute per terra sul tappeto con le gambe incrociate, una di fronte all'altra. Poi ha iniziato a cantare una canzone che mi sembrava una versione lenta di un vecchio disco di Janis Joplin che metteva spesso mia madre, quella canzone che diceva *Summertime*, e avanti così.

Mi ha chiesto di chiudere gli occhi e di concentrarmi sul respiro e sulla pancia che si solleva e si abbassa a ogni respirazione. Ha detto: Cati, tieni la bocca socchiusa, senti l'aria che entra dentro di te, fino in fondo, è un'aria pulita, è un'aria fresca che entra e porta nuove energie. Lascia liberi i ricordi, se arrivano. Non lottare contro te stessa. Accogli tutto!

...

Sei lì, Cati?

Eccomi, sono qui, ho detto, cercando di non ridere e di non sentirmi troppo idiota.

Tutto ciò che esiste è nato per amore, ha detto Seraphine. Tu sei stata desiderata, e sei preziosa proprio come sei. Se non fossi amata, se la Dea non ti avesse desiderata e amata infinitamente come sei, non saresti qui!

Va bene, ho detto io, anche se mi sembrava di essere diventata la numero uno delle svitate. Ho continuato a osservare la pancia e il petto che si alzavano e si abbassavano per un tempo che mi è sembrato infinito. A un certo punto ho beccato qualcosa. Era una sensazione che cercava di farsi strada per uscire, una specie di onda che partiva dal centro del petto e tentava di venir fuori attraverso la gola. Ma che voleva da me? Ho cercato di ricacciare giù tutto, ma poi ho deciso di fare come mi aveva detto Seraphine e l'ho lasciata uscire. Era una specie di viscida dolcezza, come un vecchio ricordo zuccheroso, tipo un prato pieno di papaveri e farfalline in primavera, per dire. E usciva da qualcosa o qualcuno che mi abitava dentro. Ho cercato di capire chi stava nascosto laggiù a mia insaputa. Chi si era installato dentro di me senza chiedermi il permesso. E dopo un po' l'ho sgamata! Era una versione più piccola e più ingenua di me, e mi parlava una vecchia lingua, mi diceva di quando le cose andavano diversamente, di quando tutto mi sembrava semplice e magico, e mi stava inondando tutta. A quel punto non c'era più niente da fare. Ho continuato a contemplare quella versione idiota di me stessa e un paio di lacrime sono rotolate giù, hanno fatto tutto il tragitto e sono cadute sulla mia maglietta. Non volevo frignare un'altra volta come una mocciosa, ma Seraphine stava lì di fronte a me e insieme su un altro pianeta, con gli occhi chiusi, continuando a cantare la sua canzone hippy di Janis Joplin, e mi sono lasciata andare.

Ehilà, ho detto allora a bassa voce alla versione stupida e allegra di me stessa, chi si vede, come butta, vecchia mia?

Quella poveretta mi guardava sorridendo, e cercava di comunicarmi qualcosa. E insomma, questo qualcosa aveva a che fare con la gioia, e la fiducia, e con l'amore e idiozie del genere.

Ma, piccoletta, non capisco proprio cosa intendi dire, le ho comunicato a bassa voce. E non so proprio che ci fai, acquattata laggiù nella mia pancia punk.

22.

La sera, Seraphine ha detto: Senti, Cati, facciamo una cosa, usciamo di qui, andiamo a mangiarci qualcosa di buono!

Ma se ci vedono?

Non ti preoccupare, ce ne andiamo lontano. Che ne diresti di Parigi?

PARIGI?!

Parigi nel Millequattrocento, ti potrebbe interessare?

MILLEQUATT...

Coraggio, muoviti. E comunque devo vedere qualcuno, mi hanno chiamata, ha detto lei. Si è messa a cercare qualcosa in cucina e quando ha trovato una specie di rametto d'albero con dei campanellini appesi in cima ha detto: Oh eccola qui, la mia vecchia Campanellina!

Cosa sarebbe questa Campanellina?

La mia bacchetta magica di betulla, sono secoli che la porto con me.

Per un momento ho avuto la certezza di essere ancora in manicomio, con la più matta delle mattissime. Mi sono infilata il giubbotto e lei ha indossato un cappottone viola lungo fino ai piedi. Poi siamo rimaste qualche secondo a osservarci nello specchio d'ingresso annerito. Una coppia molto bizzarra. Una ragazzina fuggita dal manicomio e una vecchia con una bacchetta magica in mano. Siamo due esseri del tutto diversi dalla maggior parte delle persone. E questo mi piace un sacco!

Seraphine muove la bacchetta come un direttore d'orchestra. Di colpo si alza un gran vento e ci ritroviamo nella piazza di una città, vicino a un fiume. Davanti a noi una grande chiesa. Le persone sono vestite parecchio strane, le donne con abiti lunghi e mantelli dai colori accesi, alcune con fasce bianche che passano sotto la gola e finiscono in una specie di tortino sulla testa, qualcuno ha un grande cappuccio che nasconde la faccia, e poi ci sono dei ragazzi giovani con delle gonnelline e dei camicioni, portano anche calzamaglie di lana colorata. Non ci sono auto né bus né negozi con le insegne come le conosco io: decisamente siamo piombate un'altra volta da qualche parte nel passato.

Andiamo verso il fiume, Seraphine mi dice che è la famosa Senna e aggiunge che il mio giubbotto con le borchie dà un po' nell'occhio e con uno schiocco di dita lo trasforma in una mantellina di cuoio. I jeans dice che possono andare, c'è qualcuno che va in giro vestito così, con le toppe sulle braghe e sulle casacche. Mentre superiamo un ponte mi spiega che ha ricevuto una chiamata, qualcuno ha chiesto di vederla, e che qui a Parigi lei ci torna sempre volentieri. Dice: Sai, quando ero più giovane non mi piaceva rinchiudermi, andavo sempre in cerca di nuovi orizzonti. Ma qui a Parigi ci ho sempre trovato una certa *joie de vivre*, come diceva Matisse.

Arriviamo su una strada che costeggia case basse di pietra e di legno e lei mi dice: Eccoci in rue Saint Jacques, questo è il quartiere più stimolante al momento, qui bazzicano maghi, stregoni e i più grandi alchimisti, laggiù c'è la casa di Nicolas Flamel, pare che l'abbia trovata lui, la pietra filosofale, così si dice in giro.

La cosa?

Niente, non importa, poi ti racconterò, a ogni modo ci sono cose più interessanti da trovare, secondo me, e stanno tutte nel cuore degli esseri umani... Eccoci arrivate, questa è la nostra meta.

Siamo di fronte a una bottega con un'insegna di legno che dice: Rosticceria della Regina Piedoca, polli, tacchini, anatre, oche e tutti i volatili che volete. Vino e filosofia per voi. Il tutto è scritto in una lingua che non so come capisco perfettamente.

Entriamo e ci viene incontro una signora alta e muscolosa, con due trecce scure che circondano una faccia simpatica dalle guance tonde e rosse. *Ohlalà!* Quale onore! fa, allargando le braccia verso Seraphine. Signore e signori, oggi abbiamo l'onore di avere con noi la maestra Seraphine Du Puits, dice, e io continuo a capire tutto quello che dice, anche se lo so che sta parlando un'altra lingua.

Si gira verso di me e dice: Buongiorno, signorina! Io sono Yolande, maestra della Confraternita delle Fate Rosticcere, per servirvi!

Mi presento a mia volta e lei dice: Non è possibile! Catherine! Quale onore, la famosa Catherine: l'erede della stirpe! la predestinata!

Eh? faccio io.

La predestinata! ripete lei, la rosticcera.

Seraphine le dà un'occhiata di sbieco e le fa un cenno con le labbra, come per dire chiudi il becco. Una cosa appena accennata, ma io l'ho capita lo stesso.

Allora questa Yolande dice, per cambiare discorso: L'occasione merita una bottiglia di quelle speciali!

Mentre la fata rosticcera scende in cantina io noto un ragazzo seduto accanto al camino: un camino davvero enorme, mai vista una cosa del genere, occupa quasi un'intera parete. È carino, il ragazzo, non il camino; potrebbe ricordare un po' il mio idolo Yuri, solo che non mi vede proprio, sta lì con lo sguardo perso dentro il fuoco a girare lo spiedo carico di polli e altre bestie infilzate e abbrustolite che grondano grasso. Seraphine mi dice che si chiama Jacquot, ed è il figlio della fata rosticcera. Dice che tutti lo chiamano "Girarrosto". Be', come nome è il peggiore che abbia mai sentito.

Lo trovi carino?

Sì! rispondo. È chiaro che non riesco a nasconderle niente.

Mmh, lascia perdere, è figlio di un fata. Hanno una pessima reputazione, i figli delle fate: troppo sensibili, troppo strani.

Un po' come me, mi verrebbe da dire, ma mi mordo le labbra e cambio discorso. A proposito di fate, dico, sul serio quella tipa è una fata?

Sul serio, ed è una delle più famose di Francia!

Io me le immaginavo proprio in un altro modo, le fate, sai.

Oh lo so, lo so, è sempre la stessa storia, le streghe devono avere il naso adunco e la faccia bitorzoluta e le fate devono essere delle bambole coi capelli turchini. Lascia perdere tutte queste sciocchezze, Cati, lascia stare.

Ma una fata che sa di polli allo spiedo? dico io.

Intanto Yolande è tornata dalla cantina con un paio di bottiglie impolverate. Tira fuori tre grandi coppe e inizia a versare dicendo: Questa è una buona occasione per festeggiare! Brindiamo alla maestra Seraphine Du Puits!

Brindiamo! dice Seraphine, e poi la fata Yolande mi fa: Sai, Catherine, questa locanda si chiama Regina Piedoca in onore di una grande fata che era anche un'antenata di Seraphine!

Che cosa? Sul serio? faccio io.

Oh sì, fa Seraphine. Raccontale la storia, vecchia mia, dice rivolta alla sua amica.

Con piacere! fa lei, e comincia a parlare con un tono dolce, come se mi accompagnasse in un posto speciale, fuori da qui.

Dunque, Mamma Oca, veniva chiamata così con affetto, era una grande regina vissuta molti secoli fa che affascinava la sua corte con le storie che sapeva raccontare in modo delizioso. Il suo regno godeva di grande abbondanza, c'erano ricchezze per tutti quanti. Lei era una bellissima signora, c'era solo un dettaglio: al posto dei piedi aveva le zampe d'oca. Questo perché non era una semplice umana, ma una grande fata.

Spesso le Buone Dame, come ci chiamano qui, hanno un tratto caratteristico che rivela la loro speciale natura, aggiunge Seraphine.

Questa signora, Mamma Oca, dice ancora Yolande, conosceva bellissime storie di fate, elfi e folletti e le raccontava così bene da stregare chi la ascoltava. Seraphine proviene da questa stirpe, capisci?

Per questo poi Charles Perrault chiamò la sua raccolta di fiabe *I racconti di Mamma Oca*, aggiunge Seraphine rivolta a me.

Anche se io non ho mai sentito parlare di questo Perrault né delle fate coi piedi d'oca resto lì con le orecchie dritte ad ascoltare la simpatica fata rosticcera che mi trasporta in un altro universo con la sua voce ipnotica. Lo so, non è facile credere a quello che sto raccontando; del resto non è facile nemmeno per me credere che non mi sto sognando tutto.

Questo vino è eccezionale, dice Seraphine.

A questo punto la fata Yolande chiama il figlio, che continua ad armeggiare dentro il camino. Lui posa il suo girarrosto e viene verso di noi. Ci allunga due bei piatti ricolmi di pezzi di pollo e tacchino caldissimi e croccanti.

Come sta il nostro Jacquot? chiede Seraphine.

Oh, mia cara, è anche per questo che ti ho invocata, dice la nostra fata. Avevo proprio bisogno di un tuo consiglio, e avevo anche un messaggio da darti.

Dimmi tutto.

Jacquot è un bravo ragazzo, dice Yolande, però non si stacca più dal camino, sta lì incollato tutto il tempo.

Come mai? chiedo io.

È da quando ha visto le salamandre danzare nel fuoco.

Le cosa? ho chiesto.

Catherine, non hai mai sentito parlare delle salamandre? Sono gli spiriti del fuoco: donne molto piccole, di una bellezza stupefacente.

Questa poi!

L'anno scorso eravamo qui a servire i clienti e Jacquot a un certo punto si mette a urlare: Venite a vedere, venite, ci sono le salamandre nel fuoco! Allora vado a dare un'occhiata e in effetti una decina di piccole donne, alte come il palmo di una mano, nude come le aveva fatte mamma, di una bellezza da lasciarvi senza fiato, danzavano nel fuoco e sorridevano in modo seducente. Bene, Jacquot è rimasto incantato, e da quel momento passa tutto il suo tempo accanto al fuoco a fissare le fiamme nella speranza di rivedere le sue donnine: non c'è verso di farlo spostare. Allora mi sono detta che tanto valeva si rendesse utile, e l'ho messo lì a occuparsi del girarrosto.

Oh, ma che storia! ha detto Seraphine.

Già, ha detto la fata Yolande.

Sai una cosa? ha detto ancora Seraphine. Io non mi preoccuperei, vedrai che passerà. Non credo che le salamandre si rifaranno vive, perché questi spiriti molto raramente si mostrano nella loro vera forma agli umani. A Jacquot è capitato un fatto molto raro, e non penso che rivedrà le sue belle.

Sì, anch'io lo credo, ma vaglielo a spiegare, ha detto la fatona...

Va bene, ci penserò io. Il piccolo Jacquot dimenticherà tutto.

Grazie, cara maestra! ha detto Jeanne. Mi faceva male vederlo così.

Comunque c'è dell'altro, ha detto Yolande.

Sì?

Ecco, non so come...

Dimmi tutto. Coraggio, le fa Seraphine.

Le salamandre avevano un messaggio che riguarda proprio Catherine: hanno parlato proprio di lei, la Predestinata.

Di me? Ancora con questa parola? Ma siete proprio fissate!

Aspetta, Cati, falla parlare, ha detto Seraphine.

Ecco, le salamandre avevano un messaggio preciso: Catherine deve ricevere l'iniziazione durante la prossima luna piena, non c'è più tempo da perdere. Devi convocare le sue fate madrine e iniziarla. È lei che riporterà il Magico Potere delle Donne. È lei che sconfiggerà Callista.

Seraphine ha dato qualche colpetto di tosse come a coprire le parole di Yolande, ma io non sono stupida, ho capito tutto.

Ho detto: CHE COSA? come fai a conoscere la Callista Piedona?

Yolande, ora non è un buon momento per parlare di… quella! ha detto Seraphine.

Ma insomma, io voglio sapere! ho detto. Qualcuno mi spiega com'è che anche nel Millequattrocento a Parigi conoscete quella sadica strizzacervelli?

Cosa significa *strizzacervelli*? chiede Yolande.

Senti, tesoro, fa Seraphine rivolta alla fata rosticcera, godiamoci queste prelibatezze, questa carne incredibilmente buona. Godiamoci questo momento e lasciamo perdere quella perfida creatura. Poi, rivolta a me, ha detto: Ti racconterò tutto, Cati, fidati! Ci siamo quasi, presto conoscerai tutta la verità.

Io ho annuito, però non la sopporto proprio questa cosa dei grandi quando ti nascondono le cose, e ti dicono e non ti dicono…

A un certo punto Seraphine ha detto che il tempo a nostra disposizione stava finendo. Ci siamo salutate e io ho dato una pacca sulla spalla a quello sballato troppo carino di Jacquot che somiglia davvero tanto al mio idolo Yuri. Gli ho detto: Tieni a mente questa parola: punk rock. Nel futuro ti sarà utile. E vacci piano con le salamandre, ricordati che in giro ci sono molte ragazze che meritano, anche se non sono fatine alte dieci centimetri... Lui mi ha sorriso senza capire troppo. Ma era ancora più carino, così svanito. Stammi bene, Jacquot, gli ho detto. Ho dato un'ultima occhiata a tutto quanto e ho fatto segno a Seraphine che ero pronta per tornare sul nostro divano di pelle di serpente.

23.

La mattina dopo, quando ci svegliamo, Seraphine dice che nel pomeriggio sarebbero arrivate le sue amiche. È tutta agitata e pimpante, ogni tanto va alla finestra a dare un'occhiata finché non sentiamo il motore scoppiettante di alcune moto e lei fa: Eccole! Le ragazze sono arrivate!

Fa un tentativo di mettersi a posto le ciocche di capelli svolazzanti fuori dalle trecce e corre ad aprire la porta. Ci fiondiamo fuori, attraversiamo il giardino e quando arriviamo al cancelletto c'è una tipa che salta giù da una moto lilla col manubrio alto, il sedile basso, un grande serbatoio e una sella tutta frange. Altre due fanciulle scendono da un paio di Vespe, una argentata e un'altra giallo ocra.

Seraphine si volta verso di me e fa segno con la mano: Vieni, vieni Cati!

Facciamo le presentazioni. Janine, quella che è scesa dalla moto lilla, ha un'aria simpatica, la faccia rotonda, una criniera da leonessa di capelli rossi tutti mossi e spettinati in cui ha infilato delle piume colorate, rosa e verdi. Porta un paio di occhialoni rotondi sfumati rosa e ha tutte le dita piene di anelli con grandi pietre e dei braccialetti di ogni tipo ai polsi. Indossa un paio di jeans a zampa d'elefante e un cappotto di montone azzurro con un bordo di pelliccetta tutt'intorno; ha una borsona a tracolla, una specie di sacca indiana tutta colorata con un grande sole al centro.

Poi c'è Circe, una spilungona alta e formosa coi capelli lunghi e scuri. Anche gli occhi sono scurissimi e i pantaloni di pelle e il chiodo da motociclista e la borsa a mezzaluna che porta a tracolla.

Per ultima si presenta Bessie, che è bellissima, con la pelle scura, i lunghi capelli pettinati con le treccine, due grandi occhi neri pieni di ciglia e le labbra stupende che si aprono in un sorriso luminoso. Ha un cappotto bianco e sotto un completo molto elegante, giacca e pantaloni verde smeraldo. Sono tre donne speciali, si capisce subito, ognuna è molto chic a modo suo. Mi sembra di averle già viste da qualche parte, ma dove? Mi chiedo come fanno a essere amiche di Seraphine, che sembra sempre appena uscita da un manicomio.

La salutano con abbracci e baci, Janine le dà grandi manate sulle spalle, si dicono frasi simpatiche e poi si girano verso di me. Stanno lì una vicina all'altra a guardarmi come se fossi una sorpresa gigante uscita dall'uovo di Pasqua. Accidenti, non ho mai incontrato in vita mia qualcuno così felice di vedermi. Di colpo so dove le ho già viste. La vecchia foto color seppia nella busta dei ricordi di Seraphine. Le donne con gli abiti scuri da contadine. Vestite così non le avevo riconosciute, ma ora sono sicura. Sono loro.

Janine dice: Sono proprio contenta di conoscerti, Seraphine ci ha parlato tanto di te! e mi stringe in un abbraccio affettuoso.

È passato così tanto tempo! fa Bessie.

Sei proprio come ti ricordavo! dice Circe.

Sì, e che bella pietra hai al collo, dice ancora Bessie.

Io sono stupita, sfioro il mio ciondolo che è sempre con me, dico: Vi piace? È una pietra lunare, mia mamma diceva che è un pezzo di luna che si è staccato dal cielo ed è caduto sulla Terra. Era un regalo di sua madre ed è sempre appartenuto alle donne della nostra famiglia.

Ma sicuro, fa Circe.

Benissimo, dice Janine, e batte la mani.

Perfetto, ci siamo! dice Bessie.

Be', queste signore io non le ho mai incontrate prima, però mi piacciono. Per non starmene lì muta dico: È da tanto che conoscete Seraphine?

Seraphine è un mito, sai, piccola. È lei che ci ha insegnato tutto, a tutte noi. Non sai quante donne le devono tanto!

Oh, non farci caso, Cati, è solo un modo gentile che hanno le ragazze per dirmi che sono vecchia! dice Seraphine, che proprio non riesce mai a darsi delle arie. Getta indietro la testa e scoppia a ridere. In quel momento sento un odore buono, di rosmarino, che si sparge per la casa. Giuro, è proprio rosmarino, e non so da dove viene.

Circe mi ha preso il palmo della mano e ha fatto come per leggerci dentro qualcosa. Io non ho chiesto cosa ci ha visto, e lei non me lo ha detto.

Mi sono sentita a disagio, poi lei mi ha sorriso e mi ha guardata dritta negli occhi, mi ha detto: Non lasciarti mai scoraggiare da nessuno. L'importante è questo, non lasciarsi mai scoraggiare, e non farsi dire chi siamo dagli altri.

Che significa? ho chiesto.

Vedrai, con noi imparerai molto su te stessa!

Cosa ti ha detto Seraphine? ha chiesto Bessie.

Seraphine mi ha insegnato a dire questo: nella mia vita seguirò le strade che hanno un cuore!

Benissimo, proprio così, giusto!

Ok, grazie signora Circe!

Ehi, chiamami Circe, e dammi del tu, sennò mi fai sentire una vecchia bacucca.

Già, ha solo un paio di millenni, è una ragazzina, lei, ha detto Janine.

Dai, ragazze, mettiamoci tranquille, con l'aiuto di Cati ho preparato gli aperitivi. Rilassatevi e raccontatemi un po' che si racconta di bello in giro, ha detto Seraphine.

C'è un sacco di lavoro da fare.

Eh sì, sono tempi duri per noi!

Eppure ce la passiamo decisamente meglio che in passato, non vi pare?

Sì, dice Janine, e poi, rivolta a Bessie: Ti ricordi Bessie, quella volta, eravamo... che anno era?

Cosa?

Sì, quando hai guarito il re di Scozia, che anno era?

Quella volta... doveva essere verso la fine del Millecinquecento...

Cos'è successo nel Millecinquecento? chiedo io, con gli occhi spalancati.

Allora, questa è bella, triste ma bella, è da raccontare, dice Janine. Bessie a quei tempi era una guaritrice, viveva in Scozia, aveva questa sua bella casetta nel bosco, era un'esperta di erbe medicinali, molto conosciuta. Un giorno arriva un uomo mandato dal re di Scozia, dice che il re stava malissimo, aveva tutti i denti e le gengive che gli facevano male, un dolore pazzesco, era stato chiamato il migliore cavadenti d'Inghilterra che lo aveva rovinato ancora di più.

Ti ricordi cosa gli aveva fatto? ha chiesto Seraphine.

Gli aveva... sì... gli aveva fatto incidere sulle gengive con l'inchiostro delle cose, delle preghiere, non so che gli aveva combinato, fatto sta che il re impazziva dal dolore.

Qualcuno gli aveva parlato di Bessie, gli aveva detto che era una buona guaritrice, è intervenuta Circe.

Sì, quest'uomo mi viene a prendere, fa Bessie, e mi dice che se guarisco il re mi danno molti soldi, mi riempiono di gioielli, eccetera. Io non praticavo la medicina naturale per fare i soldi, è che se hai i doni li vuoi esercitare, li condividi, giusto?

Giusto, e un lavoro ben fatto è sempre una buona cosa, ha detto Seraphine tutta contenta.

E quindi? chiedo io.

E quindi mi faccio descrivere con precisione i sintomi del re. Nel mio orto prendo le erbe che ci volevano, la malva, la salvia, prendo l'argilla per fare gli impacchi e vado e curo sua maestà. In poco tempo guarisce.

Risultato? dice Circe.

Ti ha dato tanti gioielli? Un castello? chiedo io, esaltatissima.

Come no. Il re ha detto: Come ha potuto questa Bessie qualunque guarirmi così bene quando il miglior cavadenti d'Inghilterra non ci è riuscito? Come ha fatto? si è chiesto. E gli altri, i suoi dottori, i suoi speziali, sai, tutta quella gente che tentava di screditare i saperi delle donne, delle guaritrici, perché gli portavano via la clientela… tutta la combriccola lo ha fomentato contro Bessie: Ah, ma è chiaro, è una strega, è stata aiutata dal demonio! Come può una donna riuscire dove la nostra scienza fallisce?

I soliti vecchi discorsi, fa Seraphine

Io resto senza fiato. E poi? riesco a dire. Quindi? Niente ricompensa?

Oh sì, l'ho avuta eccome, la mia ricompensa, fa Bessie. Diteglielo voi.

Prima l'hanno gettata nel fiume per vedere se stava a galla, dice Janine.

Perché?

Secondo loro, se una non affondava era una serva del demonio.

E se affondava?

Se affondava forse non era una strega, ma a quel punto era morta comunque.

E quindi?

È rimasta a galla, Bessie sapeva nuotare bene, le piaceva.

E così l'hanno bruciata in piazza.

Non ho parole. Non so che dire. Eppure Bessie è qui, e sembra molto, molto viva. Incrocia il mio sguardo e mi legge dentro. Sorride. Non c'è niente da dire.

Be', comunque noi non moriremo mai! dice Circe.

Ci puoi scommettere, fa Janine.

Ma… insomma, faccio io, volete dire che voi avete già vissuto altre vite?

Certo. Molte altre vite, tantissime, in tante forme.

E come fate a saperlo?

Ci siamo allenate per ricordarlo, dice Janine.

E per essere sempre consapevoli, lungo tutte le vite, e al momento della morte, dice Bessie.

Ancora una volta resto muta. Queste donne sono una sorpresa dopo l'altra.

Sei stupita, Cati?

STUPITA? Be', ieri Seraphine mi ha fatto fare un giretto a Parigi nel MILLEQUATTROCENTO, ho conosciuto una fata rosticcera e suo figlio che ha visto le salamandre ballare nel fuoco…

Ah ah ah… Bessie sta morendo dal ridere.

Con Seraphine non ci si annoia mai, vero? ha detto Circe.

E non è finita: qualche giorno fa mi ha portato in un campo di battaglia pieno di morti e feriti. A questo punto non mi stupisco più di niente, dico. Ma non è così.

Raccontaci di te, Cati, vogliamo sapere tutto, dice Janine.

Be', finora la mia vita non è andata alla grande: ho perso mia mamma, è rispuntato dal nulla mio padre e mi ha rifilata alla Titti, una tipa fissata con la sua palestra di pilates che parlava solo di forma fisica, diete e integratori e non mi sopportava. Mi faceva sentire come uno scherzo della natura, e mi ha mandata da una strizzacervelli, invece di andarci lei. Un giorno non ce l'ho più fatta, le ho spaccato il naso con una testata, ho spaccato anche il portone con un calcio e mi sono tagliata con i vetri. Così mi hanno rinchiusa in un manicomio per ragazze, un posto bruttissimo, con questa strana dottoressa Callista che fa legare le ragazzine un po' svitate e le mette in una stanza tutte intubate e loro non migliorano certo così. Ma io sono riuscita a scappare. Sennò chissà che ne sarebbe stato di me. Meno male che mi ha dato una mano Seraphine.

Be', certo è normale: lei è la tua fata madrina.

Che cosa? faccio guardando la mia amica.

Già già, fa Bessie, tracannando dell'altro vino.

Comunque, piccola, fa Janine, non lasciarti mai imprigionare da nessuno nella vita!

Senti una cosa, mi chiede Bessie, ma a te cosa ti piace fare?

Oh, a me piace mangiare, ascoltare del buon punk rock...

Ah che simpatica! fa Janine.

Sì, d'accordo, ma a parte questo, la vita è sprecata se non la vivi come un'avventura! La tua avventura. Se non hai dei sogni, dice Bessie.

Ok, sentite care, dico, avrei una domanda per voi.

Spara, fa Bessie.

Voi avete un'aria... ditemi una cosa, ma siete delle streghe?

Le mie nuove amiche scoppiano a ridere. Janine fa: Chi noi?

Streghe, fate... c'è differenza? dice Bessie. Siamo delle donne che hanno deciso di viaggiare nel regno del cuore e dello spirito.

Abbiamo scelto la via dei miracoli, della libertà e dell'amore invece che quella della paura, dei sensi di colpa e delle convenzioni, ha aggiunto Circe.

Già, i lacci che da sempre tengono le persone prigioniere e infelici, ha detto Seraphine.

Queste donne non capisco bene da dove sono arrivate. Il fatto è che stare con loro mi libera all'istante da ogni paura, da ogni tristezza. Giuro.

24.

Se hai altre cose che vuoi chiederci, fai pure, dice Bessie.

Insomma, mi sento un po' confusa, attacco io, però ecco, nelle storie, nelle fiabe si dice sempre che le streghe, le maghe, le donne coi poteri sono cattive, fanno cose malvagie, rapiscono i bambini, danzano col diavolo, eccetera.

Oh, ancora con queste sciocchezze! fa Circe.

La ragazzina vuole sapere, è giusto raccontarle come stanno le cose, dice Janine.

Vedi, Cati, sono bugie che si raccontano da secoli, e quando una cosa continua a essere raccontata per secoli la gente finisce per credere che sia la verità.

E non lo è?

Certo che no!

È vero, a volte qualcuno può aver cercato i

poteri per utilizzarli male, per egoismo, avidità, gelosia. Succede sempre. Ma chi usa i poteri con amore, per servire la Dea, non può che fare il bene.

State dicendo che però qualcuno ha fatto cattivo uso dei poteri?

Andiamo con ordine. Secondo te chi desidera aiutare e curare gli altri può essere malvagio?

Be', direi di no.

Seraphine, dobbiamo fare una breve lezione alla ragazza. Ce l'hai qui il libraccio? dice Circe.

Certo, un momento, lo vado a prendere.

Seraphine raggiunge la libreria e facendo un po' di casino prende un vecchio libro. Pulisce con una manica il dorso e dice: Ecco la fonte di molte delle nostre sciagure!

Circe me lo mostra: Vedi è in latino, s'intitola *Malleus maleficarum*, vale a dire *Il martello delle streghe*. In questo libro sono raccolte tutte le peggiori sciocchezze mai raccontate sulle donne.

E sulle streghe.

Giusto.

Lo hanno scritto due inquisitori, due padri domenicani nel 1486.

Ed è pieno di orribili bugie. Dice che le donne sono creature del demonio.

Questo libro è la Bibbia della misoginia!

Sai cosa significa misoginia, Cati?

Più o meno.

Significa odio per le donne. Questo libro l'avevano tutti i cacciatori di streghe, se ne andavano in giro a stanare le streghe commettendo violenze incredibili, avevano il via libera per praticare qualunque mostruosità.

Per centinaia di anni, per secoli, ci hanno uccise, torturate, ci hanno fatto di tutto. E le donne, è chiaro, pur di mettere fine alle torture confessavano qualunque cosa, dice Circe.

Aspettate un momento, ci vuole un esempio, dice Bessie. Ve la ricordate Mathilde?

Oh!

Oh, sì.

La buona vecchia Mathilde!

Come sta?

Sta bene, vive a Santo Domingo adesso, fa sempre la levatrice, ha aperto una clinica per far nascere i bambini col parto naturale, è una della vecchia scuola.

Salutatemela, è una vita che non la vedo. Forse anche due o tre, dice Seraphine.

Certo.

Allora, la storia di Mathilde. Siamo a metà del

Milleseicento, lei anche allora era una levatrice, viveva in Germania, a Colonia, era una donna indipendente, aveva delle terre e col suo lavoro guadagnava bene, era stimata da tutti.

Ma che brutta cosa, se ci penso! fa Janine, e di colpo diventa triste. Per impadronirsi dei suoi beni il vescovo la accusa di stregoneria. Sai che le hanno fatto per farla parlare? Lei era una dura, diceva io non confesso un bel niente, io aiuto a partorire le donne, le assisto, con me sono in buone mani e non ho bisogno di nessun dottore! Insomma, le hanno tagliato la mano destra, poi le hanno massacrato le tette e le braccia coi ferri roventi. Ma lei niente, non dice niente, si rifiuta di confessare che è una strega cattiva in combutta col demonio.

Che poi il demonio è un'invenzione loro, non nostra!

Infatti!

E alla fine l'hanno bruciata sul rogo, anche lei, la cara Mathilde!

Che storia! dico io.

Va bene, ma ora basta con i ricordi tristi, fa Circe.

Poi devi raccontarle un po' di te, anche, fa Bessie, rivolta a Circe.

Adesso non ne ho proprio voglia. Brindiamo, ragazze!

A Cati! Alla nostra nuova amica.

Evviva, faccio io. E poi aggiungo: Ma tu, Circe, hai per caso a che fare con quella famosa maga? Quella di Ulisse e dei maiali?

Lei scoppia a ridere, guarda Seraphine e fa: Cati, tesoro, non mi va adesso di ritornare a quel mucchio di letame... Basta col passato, almeno per stasera guardiamo al presente! E al futuro!

Seraphine fissa il soffitto con aria indifferente. Ormai so che quando fa così nasconde qualcosa. Dico ancora: Ho un altro paio di cose da chiedervi, posso?

Avanti.

Prima di tutto, perché io?

Eh?

Perché avete scelto proprio me per raccontarmi tutte queste cose?

A suo tempo saprai anche questo, per ora, rilassiamoci e godiamoci la serata. Poi faremo un piano, dice Bessie.

Seconda domanda, dico ancora io, che non ho nessuna intenzione di mollare queste matte, perché tutto questo? Perché ci odiavano così tanto quegli uomini? Se siamo state sempre punite, forse vuol dire che non eravamo così buone!

Ecco, questo, piccola, questo che dici è come quando a una donna che ha subìto violenza si lascia capire che in qualche modo è colpa sua, che se l'è cercata.

Sai, Cati, fa Bessie guardando lontano, oltre la finestra, come se si fosse messa a scrutare nell'universo, c'era un tempo in cui le cose andavano diversamente, c'era un tempo in cui il mondo era tenuto insieme dai nostri cicli, dai nostri ritmi.

C'era un tempo in cui noi donne eravamo regine, guaritrici e sacerdotesse, dice Janine facendomi l'occhiolino.

Eravamo oracoli e profetesse! dice Circe con un tono mezzo malinconico e mezzo arrabbiato.

C'era un tempo in cui era adorata la Dea, la natura, e le donne erano tenute in grande considerazione, aggiunge Bessie.

In un tempo molto lontano esisteva l'uguaglianza fra gli uomini e le donne. Esisteva il rispetto.

A un certo punto, dice Janine, qualcuno è arrivato e si è mosso con la violenza. Sembrava più facile uccidere, imporsi con la forza.

E la spirale di distruzione ha avuto inizio.

E ci siamo ancora dentro, a questa spirale.

Hanno fatto violenza anche contro i maschi, quando la pensavano come noi. Quando volevano l'amore, l'uguaglianza.

Ogni tanto arriva qualche maschio illuminato che riconosce il valore delle donne, della pace.

Di solito fa una brutta fine.

Allora mi date ragione, dico io. A essere buoni ci si rimette sempre!

Cati, è troppo forte! dice Janine.

No, piccin, interviene Seraphine con la faccia seria, no, è vero il contrario. Ci si rimette sempre scegliendo la violenza. Perde chi la fa, chi la subisce, e perde tutto l'universo.

Restiamo in silenzio per un po', finché dico: Ultima questione. Ma chi è questa Dea?

Le ragazze si scambiano degli sguardi, poi parla Circe, e dice: È lei che dà la vita a tutto ciò che esiste nell'universo. E poi lo riporta a sé, in un flusso continuo di vita, morte e rinascita.

È lei che per amore ci trattiene qui, sulla Terra, in questo meraviglioso ritmo di perenne trasformazione, aggiunge Bessie.

Nell'antichità i nostri antenati avevano fiducia nella Grande Madre, dice Seraphine, e modellavano le sue immagini.

Cati, hai mai visto le antiche sculture della Dea? mi chiede Janine.

No, le rispondo io, me le fate vedere?

Certo, te le mostreremo, dice Bessie. O forse saranno loro a mostrarsi a te, aggiunge sorridendo.

25.

Abbiamo mangiato benissimo. Circe è una di quelle fissate con la cucina biologica vegetariana: io temevo il peggio. Invece è venuto fuori un menù pazzesco: per cominciare una zuppa di cipolla con crema di tofu da spalmare sui crostoni, poi una minestra di farro con lo zafferano, un arrosto di seitan coi fagioli e anche un piatto di cavolo nero e paprika. Stavamo per scoppiare. E c'era ancora il dessert: una pinolata e una torta al cioccolato e alla marmellata di arance. Queste maghe si trattano bene.

Abbiamo continuato a mangiare e abbiamo fatto vari brindisi e la mattina dopo ci siamo svegliate tardi. Seraphine ha preparato certi suoi biscotti buonissimi col cocco e mentre gustavamo la nostra colazione Janine ha dato una scrollata ai suoi capelli selvaggi, ha sbadigliato come una leonessa e guardandomi con allegria ha detto: Questa ragazza ha bisogno di un grande, bellissimo rito.

Sì, è il momento giusto, ha aggiunto Bessie.

La data è perfetta, è il 2 febbraio, è intervenuta Circe.

Il 2 febbraio? Non è una festa! ho detto io. Com'è, avete delle feste speciali?

Diciamo che più che festeggiare tu alcuni giorni devi lasciare che siano loro a prendersi cura di te.

Come?

Ci sono delle feste stagionali, quattro giorni dell'anno che coincidono con i due equinozi e i due solstizi: e anche se molte persone lo ignorano, noi tutti facciamo parte di questo disegno sacro. C'è una struttura di energie profonde e potenti che i popoli antichi conoscevano e utilizzavano nella vita di tutti i giorni. Era un modo per essere sempre connessi, in armonia con la forza dell'universo.

Tra gli equinozi e i solstizi ci sono quattro giorni di grande potere, sono i giorni sacri alla Dea. Il 2 febbraio è uno di questi.

Ma è fighissimo! ho detto.

Prima di tutto piccola, devi migliorare un pochino il tuo vocabolario, fa Circe.

Oh, sentitela, Madame Raffinatezza! fa Janine.

Ehi, cos'ha il mio vocabolario che non va? Mi piace parlare così, ho detto io.

Ok, lasciamo perdere.

Ora parliamo di cose importanti, parliamo di noi ragazze, fa Bessie strizzandomi l'occhio. Hai tredici anni, un'età molto speciale: vogliamo fare una bella festa per raccontarti qualcosa, per farti scoprire chi sei.

E da dove vieni.

E perché sei venuta al mondo.

E poi basta? dico io un po' sopraffatta.

Noi d'ora in poi ci prenderemo cura di te, se tu lo vorrai, e ci piacerebbe saperti davvero libera, dice Circe.

Libera da cosa?

Sono secoli che dal momento in cui nasciamo ci buttano addosso ruoli che ci stanno stretti come armature, aggiunge.

Che ci spiegano come dobbiamo comportarci e quale deve essere il nostro aspetto, interviene Bessie.

E i nostri pensieri, dice Janine.

Che ci portiamo addosso ordini e aspettative, dice Seraphine.

Che ci ingabbiano, che ci fanno soffrire, dice Janine.

Noi non crediamo in questi obblighi, abbiamo sperimentato che sono falsi e umilianti per tutte noi, conclude Seraphine.

Ma allora cosa proponete? Posso fare tutto quello che voglio?

Noi vogliamo insegnarti a cercare sempre dentro di te, dentro il tuo cuore. A esercitare il tuo intuito, per scoprire quello che va bene per te, nel rispetto degli altri.

Quando una donna rispetta se stessa è impossibile che non rispetti anche gli altri.

Ma quando cerchiamo di mettere in pratica questo principio ci chiamano egoiste.

E ce la fanno pagare cara.

Non è così, non si tratta di egoismo, è che fa sempre comodo avere delle schiave, sentirsi sicuri esercitando un potere.

Non capivo tutto quello che mi stavano rovesciando addosso quelle strane donne… però, ecco, mi piaceva. Tanto.

Le donne nel mondo continuano a correre

pericoli, questo lo sappiamo. Incoraggiarti a essere libera e a seguire il tuo intuito non significa che potrai fare tutto quello che ti passa per la testa. Chiaro?

Non vogliamo che tu venga ferita, che tu possa subire violenze. Vogliamo insegnarti a seguire il tuo cuore, il tuo corpo, e darti ciò che ti occorre perché tu impari a sviluppare i tuoi poteri. Vogliamo che tu cresca coraggiosa, forte e leale.

Allora vatti a fare un bel bagno, mettiti questi vestiti e noi prepariamo la casa, ha detto Seraphine, e all'improvviso lì sul bracciolo della poltrona c'erano un paio di jeans dorati e una maglietta blu con delle stelle luccicanti sopra.

E questi da dove escono? ho detto. Prima non c'erano, sono sicura.

Non ho ottenuto risposta.

Ho fatto un bagno coi sali profumati alla lavanda, mi sono lavata i capelli e li ho asciugati, mi sono messa i vestiti d'oro, che mi stavano proprio giusti, e quando sono tornata nel salone ho trovato tutto cambiato. Bessie si era raccolta le treccine dentro una retina di perle e portava un vestito bianco lungo di seta. Circe aveva un vestito nero che lasciava vedere la sua bella scollatura e le spalle. Janine aveva ancora i pantaloni e una tunica da hippy gialla e rossa con delle onde disegnate sopra.

La casa sembrava uscita da una rivista, profumo di mughetto nell'aria e dappertutto una quantità di candele rosa, gialle e bianche. E poi mazzi di fiori di campo, margherite e tulipani, piattini con petali di rosa e incensi che bruciavano. I gatti si aggiravano lenti, come se stessero aspettando qualcosa. Il grande tavolo era stato spostato al centro della stanza, ricoperto da una stoffa bianca con dei cigni disegnati sopra, ed era carico di frutta fresca: mele e melograni, fichi e uva e ananas, gusci di conchiglie e cristalli a forma di piramide che sparavano scintille di luce. Il divano e le poltrone scalcagnate coi cuscini polverosi erano stati avvolti in tessuti pregiati, velluto, seta. C'era un'aria di pulito e di allegria e tutto sembrava davvero magico.

Anche Seraphine si era cambiata: portava una camicetta verde smeraldo luccicante e una gonna lunga bianca a fiori, si era pure messa una coroncina di fiori bianchi in testa e il rossetto sulle labbra. Era così buffa. Si è alzata dalla poltrona ed è andata verso il piattino di bronzo dell'incenso. Ne ha preso un pizzico e l'ha gettato in aria.

26.

Venite, formiamo un cerchio, teniamoci per mano, ha detto Seraphine. Si è voltata verso di me, mi ha sorriso e ha detto: Sei pronta?

Per cosa?

Per la tua festa!

La festa di Cati, ha detto Janine battendo le mani. È una festa per celebrare la tua meraviglia, la meraviglia che sei.

Questa poi, penso fra me. Io una meraviglia? Che idea strana. Che bella idea, però.

Seraphine mi ha detto ancora: Rilassati, respira profondamente, come ti ho insegnato.

Ho obbedito. Ero un po' spaventata, lo ammetto. La cosa si stava facendo seria. Seraphine mi ha sorriso come se avesse capito quello che stavo pensando, ancora una volta. Poi ha preso una manciata di petali di rose dal piattino, li ha lanciati per aria e ha detto: Caterina, che la pace, l'amore, il coraggio siano sempre con te. Che tu possa essere felice e fiera di te, ovunque tu vada. Che tu possa portare gioia salute e bellezza al mondo intero.

Janine si è avvicinata con una candela accesa e ha detto: Col fuoco fra le mani ti benedico, Cati! Possa tu sempre avere speranza, forza e saggezza, e possa tu sempre condividerle con le altre donne!

È arrivata Bessie con un bicchiere di vino rosso e ha detto: Ti benedico, Cati, possa tu sempre sentirti amata e protetta dalla Dea, ed essere luce per te e per tutto il mondo!

Per ultima è arrivata Circe con un melograno fra le mani e ha detto: Che tu sia benedetta, Cati! Che tu possa creare: con la parola, col pensiero e con tutto quello che desideri. Possa tu sempre essere creativa, sapiente e feconda per la gioia di tutto l'universo!

A questo punto Seraphine è tornata davanti a me, ha preso una mela e alzandola in alto ha detto: Ricordo quando noi donne eravamo guaritrici, sacerdotesse e profetesse. Ricordo il tempo in cui eravamo piene di amore e rispetto per noi stesse e per tutte le creature.

Ricordo il tempo in cui eravamo amate e rispettate.

Si è voltata verso di me, mi ha strizzato l'occhio e ha continuato: Sto parlando dei tempi di Tebe, quando la Dea era venerata come la grande Iside signora del Cielo, e di Babilonia, quando veniva chiamata Ishtar colei che porta la vita secondo la legge dell'amore. Sto parlando di Creta, quando era venerata come Artemide Diana, e dell'antica Eleusi, dove era chiamata Demetra.

E qui mi è sembrato di vederle, di conoscerle tutte, quelle signore evocate da Seraphine: ho visto apparire la Grande Madre Iside seduta su un trono di pietra, coi capelli e la pelle scura, due grandi corna di toro sulla testa che reggono un disco dorato, il sole; allattava al seno il piccolo Dio Horus. Ho visto Artemide coi capelli raccolti, vestita con una corta tunica e armata di un arco d'argento, portava una cesta colma di frecce sulla spalla e una mezzaluna sulla testa ed era accompagnata da una cerva. Ho visto altre donne, nude, coi capelli fluenti, i seni grandi e i fianchi rotondi, più antiche di altre: arrivavano da molto lontano, e accoglievano bambini, uomini e animali all'entrata di grotte.

Seraphine ha preso un coltello che aveva l'aria di essere d'oro e ha tagliato in due la mela, non dall'alto in basso come si fa di solito, ma in orizzontale. Mi ha mostrato le due metà coi semini dentro: formavano una piccola stella.

Ha detto: Le donne che onorano la Dea sanno che dentro la mela è racchiusa una stella. È il simbolo della nostra antica sapienza.

Ha dato un morso alla mela e l'ha passata a Bessie, che ha fatto la stessa cosa. Poi l'ha passata a Janine e a Circe, e quindi è stato il mio momento. Avevo lo stomaco chiuso per l'emozione, ma ho dato anch'io un morso mentre Seraphine diceva: Assaporando questa mela noi accettiamo la responsabilità che deriva dalla conoscenza e ci impegniamo a usarla saggiamente.

Intanto la mela continuava a girare, e a ogni morso mi è sembrato di vedere delle scintille di luce che scendevano sopra di noi. Poi Circe ha detto: Io annullo ogni potere di chi in passato mi ha chiamata e ancora mi chiama cattiva, strega malvagia, egoista. Faccio affidamento sul mio potere creativo di donna. Io sono benedetta, perché sono una figlia della Dea!

Janine ha detto: Io annullo ogni potere di chi in passato mi ha chiamato matta, strega, balorda, e faccio affidamento solo sul grande potere del mio cuore di donna. Sono benedetta, sono una figlia della Dea!

Bessie ha detto: Io annullo ogni potere di chi mi ha chiamata schiava, ignorante, madre indegna. Sono la figlia amata della Dea.

Seraphine ha detto: E io… oh, be', io annullo ogni potere di chi mi ha calpestata, umiliata e uccisa tante tante volte, di chi mi ha offesa, torturata, calunniata, di chi mi ha bruciata viva e marchiata a fuoco come fossi una bestia, di chi mi ha messo in bocca frasi che non ho detto né pensato. Di chi ha distorto il mio pensiero e i miei sentimenti. Io annullo il potere oscuro di tutti quelli che ci hanno odiate, perseguitate, violate, che hanno avuto paura di noi perché non hanno mai avuto la conoscenza che viene dal cuore. Io annullo, proprio così, ragazze, annullo tutte le sofferenze col mio potere di figlia devota della Dea creatrice di tutto quello che esiste nell'universo e nei nostri cuori. Possa la Dea proteggere tutte noi, e possa dare gioia e abbondanza a Cati, che oggi viene iniziata.

Cavolo! ho pensato.

Coraggio, ha detto Bessie.

Che cosa?

Ora tocca a te, hai capito cosa diciamo? ha detto Janine. Ora hai il potere di annullare tutte le cose negative e di crearne di positive!

Ok… forte!… vediamo, allora io annullo… sì, io… ecco, mi piacerebbe annullare tutte le volte che mi hanno detto che non andavo bene come sono, che mi hanno detto che ero troppo ciccia, o che parlavo a voce troppo alta o che avevo i capelli troppo scuri e troppo ricci… e che ero agitata e fuori di testa! e ignorante! solo perché non studiavo, ma era che non ce la facevo a concentrarmi per studiare, ero troppo incazzata. E poi… vediamo… poi vorrei annullare tutto il dolore che ho avuto nel cuore quando la mia mamma se n'è andata e anche tutto il magone e la rabbia furiosa che mi veniva quando la Titti mi trattava male, mi trattava come una deficiente. E quando mio padre non si faceva mai vivo, come se io non fossi niente per lui, come se non fossi mai stata sua figlia. Annullo tutti i casini che ho fatto tipo quando mi sono tagliata e ho menato le mani e poi quando scappavo di casa, e insomma… sì, prego anch'io la Dea, mi piacerebbe molto che esistesse sul serio, questa Grande Dea, e che mi potesse ascoltare, per aiutarmi ad avere belle cose dentro, per avere quel genere di cose che dite voi, la gioia, l'amore, sentire che non sono uno scherzo della natura... Mi piacerebbe che anche le mie amiche avessero un po' di cose belle, specie le svitate che erano rinchiuse con me a Villa Triste, la Alice, la Simo e le altre, che sono pazzerelle ma non sono niente male, hanno delle cose belle dentro anche loro.

Rimango un po' zitta, a questo punto ho un groppo in gola, le guardo e dico: Come... come sono andata? Vi sembra ok?

Sì, certo ha fatto Circe, si è asciugata dalla guancia un lacrimone che stava rotolando giù e le si infilava in bocca, poi ha sfoderato un sorriso dolcissimo; sembrava il sorriso che aveva la mia mamma nei giorni buoni.

A quel punto, Janine ha intonato un canto, era in inglese e diceva: *Trust in me, baby, give me time, gimme time, uh gimme time...* e non ci potevo credere! Era lei, gente! Lo giuro! Quella era proprio la vecchia Janis Joplin, era la sua voce e mi faceva battere forte il cuore, stava cantando una canzone che avevamo ascoltato migliaia di volte con mia mamma, era piena di intensità selvaggia e di magia femminile e continuava a dire *Trust in my love baby, Trust in my heart*, per fortuna un po' di inglese l'ho imparato, e lo capivo che stava dicendo credi nel mio amore credi nel mio cuore. Ci dava dentro da matti con la sua voce roca e vibrante che ti faceva torcere le budella, e tutti i capelli e i suoi anelli e i bracciali vibravano insieme a lei e sembrava un vortice di pura energia, di pura forza! Era proprio Janis, ed era tornata fra noi. Se ci fosse stata la mia mamma sarebbe impazzita di gioia.

Dopo è stata la volta di Bessie. È partita con un pezzo che mi sembrava di conoscere, era un altro disco che piaceva a mia madre… come facevano a conoscere tutta la sua musica? Quello era un dolce blues e sono rimasta lì ad ascoltare la meravigliosa voce di Bessie che era identica a quella di Nina Simone quando usciva dai nostri dischi mentre cantava *Birds flying high you know how I feeeel…* e così mi è sembrato di capire chi era Bessie. E non potevo credere alla mia fortuna.

Ho sentito che anche mia mamma era con noi in quel momento. Non l'ho vista, tipo un fantasma o cose del genere, no, macché, ma era molto più chiaro che vederla, perché la vedevo nel mio cuore, in quel posto dentro di me dove potevo sentirla ancora e dove sarebbe rimasta per sempre.

Dopo ci siamo tenute ancora per mano, e Seraphine ha detto:

Siamo nate dal grembo della Grande Madre
E a lei un giorno torneremo,
Come una goccia di pioggia
Si riunisce al mare.
E ritorneremo ancora qui e altrove tutte insieme,
Ora e sempre, perché noi siamo
Un solo infinito corpo di luce da lei creato.

27.

Il giorno dopo, quando ci siamo svegliate, Seraphine ha preparato una gigantesca colazione di frutta fresca, yogurt e biscotti al cioccolato. Mentre mangiavamo come lupe, Circe ha detto: Bene, Cati, ora è il momento di parlare di Villa Sorriso.

Villa Sorrisofinto, vuoi dire, ho fatto io.

Circe mi ha guardata senza ridere.

La conoscete? ho chiesto, anche se ormai credo che ci siano parecchie cose che queste ragazze conoscono.

La conosciamo, e conosciamo Callista: è una che ha cercato di farci del male molte volte. Un pericolo per tutti.

Callista è una di quelle donne che hanno i poteri e li usano male, ha detto Bessie.

Anche a Villa Sorriso, ha aggiunto Circe, lo

sappiamo da tempo che cosa succede lì dentro. Per questo aspettavamo te, sapevamo, era scritto nel Libro della Dea che saresti arrivata tu e che all'età della tua iniziazione avresti liberato il mondo da Callista.

E dai suoi adepti, come Tonino e gli altri, ha aggiunto Janine.

Mi state dicendo che Callista è una strega cattiva?

Una cosa del genere.

Allora aveva ragione Alice!

La storia è questa, ha detto Circe. Molto, molto tempo fa, Callista era una bellissima ninfa che faceva parte del seguito della dea Artemide. Era carina, ambiziosa e assai invidiosa del potere e di Artemide. Così ha cominciato a volgere i suoi poteri contro gli altri e a proprio vantaggio.

Per manipolare le persone, e fare cose orribili, ha detto Bessie, ha perso il suo ruolo di ninfa ed è diventata uno spirito malvagio che insieme ai suoi devoti si impossessa della vitalità delle ragazzine. Le ragazze a cui dà la caccia sono delle future devote alla Dea, e lei le deruba per accumulare linfa vitale, e alla fine le distrugge. Lei è fatta così.

Sul serio?

È così Cati, e tu sei la predestinata, sei una maga della luce, sei destinata a portare la luce della Dea nel mondo, ha detto Janine.

E a sconfiggere lei, la portatrice di oscurità, per sempre, ha detto Bessie.

Siamo sicuri che non c'è qualche errore? Non è che in questo Libro della Dea ci sono degli errori? O degli scherzi? ho detto io, che cominciavo a sentire lo stomaco e il cuore e altri organi che si rimescolavano dentro. Com'era possibile che io, Cati, la punk orfana sola nell'universo, fossi di colpo diventata la predestinata? Quella che avrebbe portato la luce della Dea? Ero tutta sottosopra, però provavo anche una sensazione precisa: queste donne mi rendevano orgogliosa di me, di quella che ero. E se andavo oltre l'agitazione riuscivo a sentirmi quasi pacificata. E questa sensazione volevo tenermela stretta.

Bessie mi ha sorriso, mi ha carezzato un braccio e ha continuato: Oltretutto, Callista e i suoi prendono anche i soldi dei vari benefattori che finanziano quella che sono riusciti a far passare per un'impresa caritatevole. È così, lo capisci Cati?

Sì, d'accordo, ma mi dite perché proprio io sarei la predestinata, quella che sconfiggerà la Piedona malvagia?

Veniamo a noi: ora sei pronta per ascoltare la verità su di te e su Seraphine, dice Circe.

Tu, Cati, sei l'erede di una stirpe di donne potenti, dice Bessie, e questa signora che hai incontrato, lei, Seraphine... è la tua nonnina!

MIA NONNA? ho detto io, e ho preso a tremare tutta, per la sorpresa e la gioia.

Ti dispiace?

Noooo... sono troppo felice!

Davvero?

Sì, sul serio sono troppo felice di averti come nonna, e di avere qualcuno della mia famiglia che mi sta simpatico: ora non mi sento più un'orfanella sventurata di quelle dei libri per bambini.

Sul serio, sei contenta? ha chiesto Seraphine, e ho sentito un filo di timidezza ma anche di speranza nella sua voce.

Troppo contenta, ho detto, e sono saltata da lei per abbracciarmela tutta, le ho stretto la panciona e le tettone e le ho tirato piano le trecce e siamo rimaste così per un bel po' di tempo.

Le ragazze si schiarivano la voce, tossicchiavano, e Janine si è alzata dal tavolo e ha fatto un salto in cucina. Erano tutte commosse, quelle maghe, avranno avuto anche centinaia di anni e i poteri e tutto il resto, ma erano pur sempre delle femmine, e se spuntava fuori qualcosa di tenero si commuovevano. E non mi sembrava niente male.

Allora, ho detto io, tu sei la mamma di mia mamma?

Proprio così!

E perché non me l'hai detto subito?

Be', c'erano alcuni passi da fare, e volevo sapere se ti piacevo così com'ero, se potevi accettarmi come sono.

Sì, sì, io ti accetto, io accetto tutti, meno quelli che mi rompono le balle!

E questo l'ho capito subito! Ho riconosciuto che eri proprio una cucciola Du Puits! L'ho sentito subito, che dentro di te scorreva il sangue della nostra stirpe! Quando ti ho portata in Francia volevo che Yolande ti parlasse della Regina Piedoca, la nostra antenata. Volevo farti sapere da dove proveniamo.

Evviva! Ho fatto dei salti in giro per la casa, poi, dato che cantavano sempre, mi sono messa a cantare anch'io una specie di canzoncina inventata al momento. Diceva tipo: Sono una maga, sono una maga, una grande maga, perché me lo dice la mia nonnina, la mia nonnina magaaaa… e al diavolo tutto il resto… una roba così.

Poi mi sono calmata e ho detto: Nonna Seraphine, ma perché non vivevi con noi, scusa? Perché la mamma non mi ha mai parlato di te?

Amore mio, ecco tutta la mia storia. Questa volta sono nata nel Sud della Francia alla fine degli anni cinquanta, in un paesino pieno di leggende, Rennes-le-Chateau, e quando ero una ragazzina della tua età ho perso anch'io mia mamma, poi ti racconterò come. La mamma era morta e mio padre si era risposato con una donna cattiva che, a un certo punto l'ho capito, ha cercato di uccidermi. Voleva farmi secca, lo sapevo, ma non mi credeva nessuno quando provavo a dire qualcosa. Lei era una donna doppia, una vera serpe, e con mio padre e con gli altri faceva la santarellina!

Come la Titti! È spiccicata la Titti!

È così, è una specie di maledizione che pende sulle donne della nostra famiglia. Quando avevo sedici anni sono scappata di casa: anch'io amavo le fughe, proprio come te. Sono fuggita in Italia e mi sono nascosta in una comune di giovani che vivevano nella natura, comunicavano con gli elfi e cose simili, sai, erano gli anni settanta e questo genere di cose succedevano. Lì ho incontrato Gaetano, un bellissimo ragazzo, e poi è nata tua madre, Raffaella. Io però non stavo bene. Devi sapere che le donne della nostra famiglia hanno i semi del Grande Potere Magico Femminile che viene direttamente dalla Dea, siamo state iniziate molti secoli fa. Per ricevere il Potere al momento giusto devi essere iniziata a tredici anni, sennò i Semi della Forza ci si ritorcono contro, e cominciano i problemi. Ci arrabbiamo facilmente, andiamo via di testa e rivolgiamo le nostre energie contro noi stesse.

E allora?

Quando avevo tredici anni l'ho incontrata anch'io, la mia fata madrina, era lei che mi proteggeva e vegliava su di me fin dalla nascita, ma non avevo voglia di essere iniziata.

Come mai?

Lei mi era apparsa una notte, mi aveva parlato del potere magico femminile, ma io ero una vera ribelle, ero furiosa col mondo e poi mi sembrava troppo ingiusto non avere più la mia mamma, mi mancava tanto.

Allora niente iniziazione?

No, l'ho fatta lo stesso ma controvoglia, non sono stata attenta a quello che mi diceva, insomma, ho fatto un gran casino, ho ricevuto alcuni poteri ma non sapevo come usarli bene. A essere sincera, non me ne poteva importare di meno, a quel tempo, dei miei poteri e di tutte quelle vecchie leggende di famiglia che parlavano di streghe e fate. Ero furiosa col mondo e volevo spaccare tutto!

Come me, Seraphine!

Già, piccola!

Quindi?

Quando ho partorito tua madre, Raffaella, lì nella comune degli elfi, già non ci stavo più tanto con la testa, ero triste e depressa e allo stesso tempo avevo voglia di andarmene in giro per il mondo.

E l'hai fatto?

Sì, me ne sono andata. Ho lasciato la bambina con suo padre e le altre donne della comune e a questo punto è intervenuta la mia matrigna. È arrivata in Italia, ci ha ritrovate e si è presa Raffaella, mi ha denunciata e mi hanno messa in un manicomio. Orribile. Sai, è stato un attimo finire dentro: avevo abbandonato mia figlia, me ne andavo in giro a vagabondare, ogni tanto alzavo il gomito, insomma, non ci ha messo troppo, la mia matrigna, a farmi internare e a farmi togliere ogni diritto su mia figlia. La cosa più triste è che dopo che sono stata rinchiusa la mia matrigna e mio padre sono morti, e Raffaella è stata portata in un orfanotrofio. Quando era più grande è stata adottata, ha girato diverse famiglie. Non ha avuto molta fortuna, tua madre.

Poverina! Per questo non mi raccontava mai niente della sua storia, non ne voleva parlare.

Già.

E poi cos'è successo? Come hai fatto a liberarti?

Dentro il manicomio andava sempre peggio, mi davano delle medicine che mi annientavano, io continuavo confusamente a pensare che avevo abbandonato mia figlia e mi sentivo male, mi sentivo in colpa... e mi sono lasciata andare. Sono stata sepolta viva per tanti anni.

Il pensiero di Seraphine imprigionata in manicomio mi stringe lo stomaco, è qualcosa che mi fa troppo male e cerco di scacciarlo via da me. Dico: E poi?

Per fortuna loro tre mi stavano cercando, e mi hanno trovata!

Sul serio?

Sì, e anche se ero stordita dagli elettroshock

e dai sedativi a un certo punto ho incominciato ad agire. Il potere in me cercava di farsi strada quasi mio malgrado, e ho iniziato a fare una cosa che ho sempre fatto nelle mie altre vite.

Cos'hai fatto?

Ho iniziato a dipingere e a pregare. Pregavo la Luna, la Dea, la Madonna, tutte le forze femminili potenti dell'universo! E le Signore potenti mi hanno ascoltata!

Che forza! ho detto io, e mi sono sentita fiera di avere una nonna come lei. Ho detto, ma sul serio pregavi anche la Madonna?

Certo, non devi pensare solo alle immagini sdolcinate che hanno messo in giro, devi sapere che la Signora è una donna forte e valorosa che abbraccia con amore tutte le creature. È della stirpe delle altre grandi Dee, e io l'ho sentita subito, la sua forza dentro di me. Io cantavo, dipingevo e pregavo, e i poteri crescevano. Non mi sentivo più sola, non mi sentivo più abbandonata.

E poi?

E poi la Dea mi ha ascoltata.

E siamo arrivate noi, dice Bessie. L'abbiamo trovata.

Io ero certa che avremmo ritrovato la nostra

vecchia amica, ha detto Circe, la nostra maestra, con cui ci riuniamo sempre, vita dopo vita.

Sapevamo che era tornata, e che c'erano stati dei problemi e quindi non usava il potere, ha detto Bessie.

Però abbiamo seguito dei segnali che ci arrivavano: lo sapevamo, lo si diceva in giro, che la grande Seraphine Du Puits era tenuta prigioniera da qualche parte, ha detto Janine.

Ci abbiamo messo un po', ma ce l'abbiamo fatta, ci siamo messe sulle sue tracce e l'abbiamo aiutata a fuggire. Ci siamo prese cura di lei, e pian piano ha ritrovato i suoi poteri, ha aggiunto Circe.

Ho capito, ho detto io, e ho sentito che la mia gioia si mescolava alla tristezza. Ho pensato alla mia nonna sepolta in manicomio per tanti anni, e mi sono detta che saremo anche delle maghe noi in famiglia, ma che sfortune che ci toccano di generazione in generazione!

Ho detto: Ma senti una cosa, nonna Seraphine, la mamma, anche lei aveva i poteri, giusto?

Certo, aveva i semi del potere, ma non ha ricevuto l'iniziazione. I suoi poteri sono rimasti latenti.

Cosa significa latenti?

Significa che essendo mia figlia aveva tutti i semi pronti per sviluppare i poteri magici, ma dato che siamo state separate, e non ho potuto iniziarla quando ha compiuto tredici anni, quei semi non hanno mai germogliato. Sono rimasti lì, e forse le hanno dato anche parecchi problemi. Dimmi una cosa, Raffaella piangeva spesso? Era triste?

Sì, c'erano dei giorni che se ne stava a piangere tutto il tempo, era depressa e poi non ne imbroccava una coi maschi! Un macello. Poi c'erano altri giorni che le cose giravano bene, come se le fosse tornata l'energia, e allora diventava bella come una fata, si faceva la doccia, lasciava i capelli sciolti e sparava la sua musica a tutta birra! Allora ce ne andavamo in giro, prendevamo l'auto o la bici e pedalavamo tutto il pomeriggio. Quando girava bene la mamma era la migliore. La più forte.

Sono i classici sintomi del potere magico non nutrito! dice Janine.

Quanto mi dispiace, Cati, dice nonna Seraphine.

È molto triste ripensarci. Ma cosa possiamo fare ora? ho chiesto.

Ora, tutte insieme, possiamo cambiare le cose,

ha detto nonna Seraphine. Devi sapere ancora una cosa, ha aggiunto. Il manicomio dove mi hanno rinchiusa era sempre la Piedona malefica a dirigerlo, sempre lei, Callista. E la mia matrigna era una sua seguace!

E lo è anche la tua matrigna, la Titti!

No! Ma come... come fa a essere sempre lei, la Piedona?

La Piedona è vecchissima, e quando riusciremo a toglierle i poteri e smascherarla vedrai che tornerà alla sua vera età, e sbucherà fuori una tipa decrepita.

Diglielo, Seraphine, fa Janine. Ora devi dirle tutto.

Cosa mi deve dire ancora? ho chiesto io.

Vieni qui, piccin, vieni. La nonna mi prende fra le braccia e mi allunga un biscotto. Dice: la Piedona, noi siamo sicure che ha ucciso la tua mamma. Quando ha saputo che ero di nuovo libera, e stavo recuperando i miei poteri, è andata in cerca di Raffaella per annullare la possibilità che ci incontrassimo, perché unendo le nostre forze la potevamo sconfiggere.

Non ci posso credere, dico, completamente sconvolta.

Allora cosa dobbiamo fare? chiedo.

Sei pronta a lottare? dice Bessie.

Prontissima.

Qui dobbiamo tirare fuori tutto il meglio da noi, tutti i nostri poteri!

Sono pronta. Ditemi tutto, mie maghe!

Ok. Abbiamo deciso di entrare in azione domani a mezzogiorno. Entreremo a Villa Sorriso e circonderemo Callista, ha detto Circe.

A questo punto entri in gioco tu e la tua pietra lunare, ha detto Bessie.

Questo è quello che ci serve! ha detto Janine.

Sono secoli che aspettiamo questo momento, ha esclamato la nonna.

Capisci che ci mancavi tu per annullare il potere malefico di Callista? ha aggiunto Circe.

Io?

Sì, tu sei l'ultima discendente della nostra stirpe, sei la predestinata a sconfiggere per sempre Callista e a riportare il Magico Potere delle Donne nel mondo. Se tu fossi finita sotto le sue grinfie non ci sarebbe più stata possibilità per i poteri che anticamente la Dea ci ha donato fino dalla notte dei tempi, e che si tramandano solo di madre in figlia.

Il mondo avrebbe perso la possibilità del ritorno della magia femminile!

Ragazze, ma siamo sicure che sono proprio io la… come si dice, la predestinata? Non c'è un errore?

Nessuno sbaglio, piccin, ha detto la mia dolce nonnina maga.

28.

Ero stordita da tutte quelle rivelazioni e la sera sono crollata a dormire presto. Poi di colpo, alle tre in punto mi sono svegliata e non sono riuscita a riprendere sonno. Tutto quello che era successo, tutto quello che mi avevano detto le fate o maghe o quello che sono, che avevo i poteri, e potevo fare tante cose, che ero preziosa, non uno strano scherzo della natura come avevo sempre creduto… era tutto molto bello, mi sarebbe piaciuto crederci davvero, ma allo stesso tempo continuavo a pensare sì, ma se mi fossi imbattuta in un gruppo di pazze scatenate?

Non riuscivo a dormire, dalla finestra entrava molta luce. Mi sono alzata, sono andata a dare un'occhiata, c'era una luna piena incredibile, mi è sembrato di non averla mai vista così maestosa e così vicina a me. Sono rimasta a fissarla e ho continuato per un pezzo, ero come ipnotizzata, mi è sembrato di vederci dentro la faccia di una donna, con gli occhi, il naso, la bocca. A un certo punto mi ha fatto l'occhiolino. Ho aperto la finestra e ho chiuso gli occhi, come per prendermi una carezza dalla luce della luna. È arrivato un ricordo bellissimo, mi ha dato allegria e poi una malinconia terribile, era il ricordo di un'altra notte di luna piena. Ero bambina, io e la mamma stavamo camminando sulla spiaggia, a lei piaceva stare in giro fino a tardi in certe notti d'estate. Quella notte mi aveva preso per mano e avevamo fatto una corsa insieme sulla sabbia. Quando eravamo stanchissime ci siamo buttate giù, e abbiamo cominciato a rotolare come due matte sotto la luce della luna ridendo e urlando. Poi lei aveva detto: Facciamo un bagno di luna, prendiamo tutto il potere della luna, Cati! Ci eravamo tolte i vestiti ed eravamo rimaste lì a ballare e poi lei aveva cantato una canzone che parlava della luna, diceva Blue Moon e altre cose, era un disco di una delle sue cantanti preferite, Billie Holiday. Nella voce di mia madre diventava un canto d'amore, pieno di passione e di grande malinconia. Cantiamo per la luna, Cati! aveva detto di nuovo, ma io non sapevo le parole della canzone e mi sembrava assurdo stare lì nude di notte a cantare per la luna. Mi vergognavo e speravo che non ci fosse nessuno nei paraggi a vederci. Adesso nel ricordo mi è sembrato un bel momento. Ho pensato che mi piacerebbe saper cantare alla luna. Allora ho tirato fuori un motivo a bocca chiusa, non mi venivano le parole, era una specie di ululato dolce: dicevo alla luna che mi sarebbe piaciuto credere a Seraphine e alle sue tre amiche. Credere che erano davvero delle maghe e che mi volevano bene e mi proteggevano. E mi sarebbe piaciuto sentire che ero sul serio anch'io una piccola maga e che potevo combinare qualcosa di buono nella vita. Sono andata avanti col mio canto mezzo stonato e ululato e poi mi sono guardata intorno e ho visto un libro. Mi sono sentita attratta da quel tomo, l'ho preso, si intitolava *Il libro delle invocazioni alla Dea*. Poi ho dato un'occhiata a un barattolo rosa di plastica che stava appoggiato lì vicino al libro. Aveva un'etichetta scritta a mano che diceva: *Componenti: radice di mandragora, stramonium, belladonna, segale cornuta, gelsomino, vaniglia, eccetera. Ot-*

timo unguento per il volo magico, da spalmarsi sul viso e sul corpo nelle notti di luna piena. Attenzione a non esagerare, la segale è tipo LSD, ci siamo capite!

Riconoscevo lo stile di nonna Seraphine. Mi sono tolta le mutandine e la t-shirt e ho preso un bel po' di quella pomata dal profumo forte, come di bosco o di erba appena tagliata, e me la sono spalmata dappertutto. Ho sentito mille spilli che piano piano, cominciando dai piedi, mi punzecchiavano tutta. Mi sono sentita molle, come se il corpo non avesse più peso, mi sono allungata sul letto perché mi sembrava di cadere, ho guardato il libro aperto, la luce della luna illuminava alcune righe, come un invito a leggere. Diceva: *Sei tu, Dea, la creatrice visionaria, la luna che sorge dal pozzo, la preveggente, la triplice Ecate, colei che parla di sé con autorità, colei che non si denigra, colei che sa affrontare il mondo senza umiliarsi, la Grande Madre dispensatrice di forza...* Ho letto sentendomi molto strana, come se non avessi più peso, ho continuato a ripetere quelle parole come una cantilena anche se non capivo tutto il significato, ma la sensazione a un certo punto era strana, era come se io quelle parole le conoscessi già, come se le avessi già ripetute tante e tante volte tempo prima.

Ho sentito un grande calore in tutto il corpo, come se non avessi più i soliti confini, mi espandevo ovunque, nella stanza e anche oltre, fuori dalla finestra, nel bosco e nel cielo, mi sentivo viva, completamente viva e piena di spazio, e il mio corpo era leggerissimo, una piuma. Sono uscita dalla finestra e sono entrata nella notte, cullata dal vento. Ho volato sopra il bosco, scansando i rami e le cime degli alberi, avanti e avanti per un pezzo sentendomi accarezzare la faccia, i capelli, le braccia, da mani di angeli, finché ho visto sotto di me la strada e qualche automobile coi fari accesi. Poi è arrivato il fiume e i tetti delle case, i diversi quartieri, i giardini e i campanili delle chiese. A quel punto ero sicura che non stavo sognando, ero sveglia, quella era la mia città e io ci stavo volando sopra, senza aereo, e anche senza la scopa.

Mi sono detta cosa posso fare? Cosa potrei fare ora che so volare? Ho pensato a Villa Triste, ho pensato ad Alice, volevo andarla a liberare, portarla in volo via di lì, ma non sapevo bene come atterrare, e una volta lì, mi sono ricordata che ero nuda, solo con la mia pietra lunare al collo. Ho chiesto dentro di me alla luna: Aiutami per favore a capire cosa posso fare! Dopo un po' un pensiero mi è arrivato chiaro, ora torna indietro, ti devi organizzare, e con l'aiuto di nonna Seraphine e delle tre maghe libererai Alice e tutte le altre.

Ho mosso le braccia e le gambe come se stessi nuotando nel mare e sono riuscita a fare dietrofront, ho cercato con gli occhi la direzione del bosco e poi il giardino della casa di Seraphine.

Quando sono arrivata sopra una radura del bosco vicino casa di nonna ho visto quattro donne intorno a un masso che si tenevano per mano, mi sono diretta verso di loro e mi è sembrato di riconoscere le mie ragazze. Ho svolazzato un po' sopra le loro teste cercando un posto dove atterrare. Piano piano, tendendo le braccia in avanti, e unendo le palme delle mani come se mi volessi tuffare, ho puntato verso di loro e sono atterrata con una specie di capriola.

Brava, Cati! ha detto nonna Seraphine battendomi le mani,

Come sono andata? ho chiesto.

Una libellula, ha detto Circe ridendo.

Sono una fata ora?

Più che altro sembri una paracadutista, ha detto Janine.

Vuoi dire che non ho stile nel volo?

Ma sì, hai fatto un volo perfetto! ha detto Bessie.

Grazie, Bessie! ho detto io.

I dettagli li imparerai col tempo.

D'accordo. Cosa stavate facendo?

Una piccola invocazione per proteggere il tuo primo volo magico.

Come facevate a saperlo?

Eh eh eh, ha detto Circe.

Eravamo sicure che eri pronta a fare il salto! ha detto Bessie.

Ora ringraziamo! hanno detto, unisciti a noi.

Aspettate, ho un po' freddo.

Bessie mi ha dato lo scialle rosso che aveva sulle spalle e mi hanno fatto entrare nel cerchio. Ci siamo tenute per mano e Seraphine ha ringraziato per il mio primo volo che è andato bene. Io mi sono sentita molto molto sicura di me.

Come stai? mi ha chiesto Janine.

Ho detto: Mi sento pronta per compiere qualunque prodezza! Pensate che sia così? D'ora in poi sarà sempre così? Riuscirò in tutto?

Be', se non altro potresti avere un futuro nel paracadutismo, ha detto Circe.

29.

Al mattino, sedute attorno al nostro tavolo per la colazione, Seraphine come un grande generale prima di una battaglia spiega il piano di attacco a Piedona. Dice: Devi sapere, Cati, che Callista possiede incantesimi protettivi molto forti, nessun essere umano la può ferire, né direttamente a mani nude né con le armi.

Niente pistole, fucili, coltelli, niente. È invulnerabile, ha detto Circe.

E se le butto una bomba?

Niente da fare, le armi umane la lasciano intatta.

Non possiamo strozzarla? ho detto ancora.

No, chiunque le si avvicini per farle del male viene catapultato lontano da lei per chilometri, ha detto Circe.

O viene risucchiato da vortici e trombe d'aria, ha detto Janine.

Vi ricordate quella volta che ci ha provato Wilfreda?

Come no.

Dunque?

Qui entri in gioco tu, Cati.

E la pietra lunare che hai ricevuto.

La pietra lunare?

Sì, il ciondolo che ti ha regalato tua mamma e che hai sempre portato con te.

È una scheggia di luna con un immenso potere, ha detto Seraphine, l'abbiamo attivato durante la tua iniziazione. Questa pietra ce la tramandiamo di madre in figlia, l'avevo messa al collo di Raffaella quando era piccola. Ora la useremo contro Callista per annullare i suoi poteri.

Abbiamo pensato di entrare a Villa Sorriso a mezzogiorno, è un buon momento, un momento di passaggio, dobbiamo attirare Callista fuori nel giardino e a quel punto entra in gioco Bessie.

Dovrà lanciare la tua pietra lunare contro Callista, con questa fionda di Artemide: fagliela vedere Bessie.

Fionda che cosa?

Di Artemide, è una fionda speciale, le costruisce Circe.

Ok ho detto, dando un'occhiata al pezzo di legno color nocciola a forma di una grande Y che doveva essere stato ricavato da un ramo perché era tutto nodoso. Era stato levigato e intagliato con dei segni che sembravano dei geroglifici. Aveva due grossi elastici attaccati alle punte e un pezzo di cuoio rosso in mezzo che doveva servire per appoggiarci sopra la pietra da lanciare.

La tua pietra funzionerà come una calamita per altre pietre lunari nello spazio, ha detto Circe, ma sarai tu che dovrai invocare la Dea perché faccia discendere i meteoriti per annullare i poteri malvagi di Callista e ci aiuti a riportare il Magico Potere delle Donne nel mondo. Se tutto va come deve andare non potrà mai più fare del male!

Questo è scritto nel libro della Dea, ha aggiunto Janine.

Ma siete sicure?

Be', la pietra l'abbiamo, la fionda di Artemide anche, l'ora è giusta, il giorno pure, e la predestinata è qui.

Che sarei sempre io.

Certo, chi altro?

Dimmi una cosa, nonna Seraphine. Ma morirà la Piedona?

No: perderà i suoi poteri. E a quel punto sarà libera di decidere, potrà scegliere il bene o il male. L'amore o l'odio. Se sceglierà il male finirà polverizzata.

Accidenti!

Sì, ma non sarà colpa tua, non sarà colpa di nessuno, sarà stata una sua scelta.

Noi speriamo che scelga l'amore, speriamo che torni in sé, dice Janine.

Io invece spero che finisca in polvere.

Le maghe mi guardano in silenzio, serie. Cati, il perdono è sempre l'arma più potente che abbiamo, dice Bessie.

Io sarò felice quando la vedrò disintegrata, ho detto.

Loro tacciono ancora.

Insomma, Seraphine, ho detto ancora, ma ha ucciso mia madre!

Lo so, e non possiamo farla tornare fra noi, non in questa vita.

E allora?

Però possiamo essere felici.

Io non lo so… dici sempre delle cose troppo strane, Seraphine.

Il perdono parte dal cuore, e ci rende libere, Cati.

Io ci penso su, almeno ci provo. Ma la rabbia è più grande, più forte. Non so come fare, non so proprio come fare, dico.

Ancora silenzio. Capisco che in questo non possono aiutarmi, devo cavarmela da sola.

Ma cosa significa, scusate, che devo amare la Piedona? chiedo.

Significa che non devi nutrire l'odio: lascia andare il rancore, e concentrati sul tuo compito, e tutto andrà come deve.

Va bene, ci proverò, però dopo. Ci devo rimuginare sopra.

D'accordo, dice Seraphine. Ora vieni qui. Facciamo una piccola invocazione.

Ci siamo messe di nuovo in cerchio tenendoci per mano, nonna ha chiuso gli occhi e ha cominciato a cantare piano con gli occhi chiusi, non ho capito le parole, doveva essere una lingua antica. Quando ha finito ha detto: Le bambine della luce non possono dimorare nell'oscurità, perché l'oscurità non abita nei loro cuori. Volgiti verso la luce, Cati, perché la piccola scintilla che hai conservato in te è parte di una luce più grande, così grande che avvolge ogni cosa.

30.

Partiamo sulle moto delle maghe: io sono salita sulla Vespa gialla di Bessie insieme a lei, la nonna è montata sulla moto lilla con Janine e Circe ha inforcato la sua Vespa argentata. Mentre si scaldano i motori siamo tutte silenziose, io sento una specie di vuoto nello stomaco e nella pancia e dico piano a me stessa: Le bambine della luce non possono avere paura. E avverto di colpo una forza pazzesca che mi entra nel cuore.

Mi sento un po' agitata all'idea di tornare a Villa Triste, ma spero proprio di risolvere tutta la faccenda. Mentre stiamo per partire mi stringo a Bessie e le dico nell'orecchio: Non vedo l'ora di farvi conoscere le mie amiche. Ho tanta voglia di rivederle!

Poi sfioro la mia pietra lunare, per sicurezza. Bessie si volta a guardarmi coi suoi neri, antichissimi occhi, e non dice niente.

Abbiamo attraversato il bosco e mi sono rivista lì, quando ero scappata dal manicomio. Mi è sembrato che fossero passati secoli, perché ora mi sento tutta cambiata, è come se adesso sapessi chi sono, da dove vengo e qual è la mia storia. E non è male, come sensazione. È come aver ritrovato qualcosa di molto prezioso che era mio da sempre ma che non sapevo nemmeno di possedere.

Quando siamo arrivate davanti a Villa Triste ho riconosciuto l'edificio sinistro con l'intonaco macchiato dalla pioggia e la pergola davanti all'ingresso, ho rivisto la segreteria e ho provato un brivido fin nelle ossa. Qualche auto sfrecciava vicino a noi. Ci siamo guardate senza dire niente.

Cati, sei pronta? ha detto mia nonna. Ricordi bene tutto?

Sì, ho detto io.

Siamo entrate nell'ingresso, e qui è stato facile. Circe ha mosso le mani disegnando dei piccoli vortici con l'indice e il medio e tutte le persone che erano lì, tranne noi, sono rimaste bloccate, come se all'improvviso qualcuno avesse scattato delle foto giganti che si sono sostituite a loro.

Abbiamo percorso il corridoio per andare nel salone della mensa. È l'ora di pranzo e in genere la Piedona passa a dare un'occhiata alle sue vittime: dovremmo intercettarla.

Il locale è pieno di ragazze che reggono in mano un vassoio col cibo e una bottiglietta d'acqua. Molte sono già sedute ai tavoli e mangiano quello che hanno davanti: pastasciutta scotta con un po' di sugo rosso buttato sopra, panini con prosciutto e formaggio, insalate di plastica e budini anemici. Il solito squallore.

Qualcuna scambia qualche parola, la maggior parte delle ragazze stanno lì inebetite a cincischiare con la forchetta nel piatto. Pensare che sono stata anch'io parte di questa umanità mi dà una grande tristezza.

A un certo punto sento una voce che dice: Cati! Sei tornata! Che bella sorpresa!

È la Mary, una ragazza che è arrivata dopo di me. Mi fa: Pensavamo di non vederti mai più! Che eri riuscita a scappare! Invece sei di nuovo qui?

Io dico: Sì, ma abbassa la voce, sono qui per fare una cosa, e se va tutto bene sarete di nuovo libere!

Nooo! fa la Mary, e prende a grattarsi la testa come una piccola scimmia agitata e felice.

Dico: Dov'è Alice?

È nel reparto di cure intensive, se ne sta andando, Alice, sai, Cati! fa Mary tutta triste.

No, non se ne andrà, sono qui per aiutarla.

E queste signore chi sono? chiede, guardando il terzetto di maghe più Seraphine.

Sono le mie amiche, e lei è la mia nonna!

Che belle! Anch'io voglio tutti gli anelli come lei, fa indicando Janine. E che bei braccialetti!

Ok, adesso però devi stare tranquilla, lasciaci fare questo lavoro!

Ehi, ma è la Cati, dice un'altra ragazza. Ehi, gente, è tornata la Cati!

Io faccio segno di stare zitta, prendo il vassoio e lo riempio con un po' di cibo a caso, per non dare troppo nell'occhio. Prendo un panino col formaggio. Dico: Sapete dov'è la Piedona?

Era in giro stamattina, ma credo che a quest'ora sia andata via.

Ma chi sono queste tipe? urla un'altra ragazza. Che ci fate qui, e che avete da guardare?

Siete venute per liberarci? Siete le fatine buone che abbiamo chiamato? dice un'altra.

Può darsi, ragazze, dice Janine sorridendo.

Arriva Giuliana. È stupitissima di vedermi, le dico: Ciao Giuli, niente domande, loro sono amiche mie, cerchiamo la Piedona, sai dirci dov'è?

Lei mi abbraccia e dice: Cati, sono contenta che tu stia bene! Ma cosa vuoi dalla Piedona? Sei sicura di volerla incontrare? Proprio tu che sei riuscita a sfuggirle… è una donna molto potente e cattiva, anch'io sono qui da tanti anni perché mi minaccia…

Non ti preoccupare, presto non minaccerà più nessuno. Dicci dove abita.

So che sta da qualche parte sulla Collina dei Falchi, ha una grande villa, si riconosce subito, con uno strano tetto e un parco tutt'intorno, con i pavoni.

Ok, grazie, Giuliana, torneremo presto.

Ma, Cati…

A dopo, le dico. Vorrei andare a salutare Alice ma ho la sensazione che non possiamo perdere tempo. Puoi dirle che sono tornata e che la libererò?

Cati, Alice è in coma. Non so se riuscirà ad arrivare a domani.

Parlale lo stesso, dille di tenere duro, stiamo arrivando.

Vai a dirglielo tu.

Ho detto a mia nonna di aspettarmi. Ho attraversato la sala mensa e il corridoio, ho preso un ascensore che mi ha portato al piano di sotto e sono arrivata in una stanza scura illuminata solo da basse luci blu elettrico. Ho visto il corpicino magrissimo e intubato di Alice. Immobile, ferma con la testa sul cuscino; i suoi bei capelli biondi sono diventati opachi e le labbra sembrano secche e grigie come argilla vecchia. Ha un aspetto decrepito, la pelle tutta raggrinzita, come una mela appassita dimenticata da qualche parte. Sembra già lontanissima dal mondo, chiusa dietro i suoi occhi sigillati.

Mi sono avvicinata e le ho detto piano: Tieni duro, resisti amica mia! Tornerò per portarti via da qui.

Seraphine è venuta a cercarmi. Ha guardato Alice, la mela Alice, con una grande tristezza. E poi ha detto: Andiamo, Cati, non c'è tempo da perdere.

Siamo uscite da quel posto sinistro e io ho cercato di combattere l'angoscia che mi ha preso. Fuori ho fatto un grande respiro e ho visto Janine che cominciava a sgasare a vuoto: il motore girava a mille. Siamo partite verso la villa. Ci arrampichiamo lontano dai quartieri nuovi con le case tutte uguali, lontano dalle strade sporche e piene di gente. Entriamo nella zona elegante della città, la Collina dei Falchi. Qui le strade sono larghe, pulite e deserte. Non passa nessuno, tranne qualche domestico filippino con la divisa da cameriere che porta in giro cani non suoi.

Le ville sono a due o tre piani, larghe, coi tetti bassi, le finestre con grandi vetrate sono tutte protette da muri e cancelli, dietro si intravvedono alberi giganteschi, siepi e aiuole piene di fiori con l'erba ben rasata. Ma non si vede nessuno che ci cammina dentro: forse non hanno il tempo.

Quale sarà la casa della Piedona? ho chiesto a Bessie.

Circe ha detto: Lo sentiremo. Quando spunta lo sapremo subito, che è casa sua.

Continuiamo ad aggirarci lentamente sulle nostre moto, come centaure pensierose. Ho sentito una specie di formicolio, prima alle mani poi in tutto il corpo, l'ho detto a Bessie, lei ha detto:

Ecco! È il tuo radar! È il tuo intuito che sta entrando in azione!

Janine ha puntato l'indice e ha detto: Ehi, date un'occhiata lì, ragazze!

Ci siamo girate e abbiamo visto un cancello scuro che si stava aprendo. È uscito un uomo con il panciotto a righe e la faccia molto pallida; dentro si intravvedeva un'enorme casa a tre piani dall'aria bizzarra, coi tetti che formavano spirali gigantesche. I prati erano bellissimi, con delle fontane che zampillavano e una coppia di pavoni che si aggiravano lentamente sull'erba. Ci siamo, è come ha detto Giuliana, sono i pavoni della Piedona, ho detto.

Siamo andate verso l'uomo e Seraphine ha detto: Buongiorno, mi scusi, abita qui la dottoressa Callista?

Chi? Che cosa? Cosa volete? ha fatto lui con aria orripilata, come se fossimo un branco di mendicanti o delle lebbrose. O tutt'e due le cose.

Sono saltata giù dalla moto e ho detto: Sto cercando la dottoressa, devo vederla.

Ragazzina, fila via, non hai proprio niente da fare qui, ha detto lui.

E invece sì, ho ribattuto io, e ho fatto un gesto con la mano verso le mie amiche, come per dire: Alla carica!

Il tipo ci ha voltato le spalle e stava richiudendo il cancello. Ma Circe ha fatto di nuovo un gesto dei suoi, quei mulinelli con l'indice e il medio, e lui si è bloccato di colpo, è come quando da bambina giocavo con le mie amiche a Un due tre stella, chi stava sotto si voltava di scatto e le altre dovevano restare lì ferme e immobili come statuine. È divertente avere un'amica come Circe.

In quel momento abbiamo visto la porta automatica di un garage sollevarsi: ne è uscito un macchinone nero elegante, tutto tirato a lucido, che sgommando ha puntato verso di noi. Siamo riuscite a schivarlo ma io sono caduta lunga distesa davanti al cancello.

Ehi! Che maniere! ha detto nonna Seraphine. Poi ha fatto schioccare le dita e l'auto che filava via si è bloccata di colpo. Il motore ha emesso dei rantoli, come se all'interno ci fosse qualcuno che tossisce, hanno cercato di farlo ripartire, ma niente da fare, è stato inutile. Mia nonna quando ci si mette è una potenza.

Si è aperta la portiera del guidatore ed è scesa la Piedona in persona, con un tailleur nero a righe e una camicetta bianca e il suo ciuffo di capelli grigi. Tutta ben pettinata, perfetta come una di quelle tipe fasulle della televisione. Dall'altra portiera è sbucato fuori il suo schiavo Tonino, che ci ha guardate e ha alzato le mani per arrendersi, come se all'improvviso fossimo diventate le poliziotte di un telefilm.

La Piedona invece non ha alzato le mani: ha preso a fissarci con uno sguardo di odio puro. Di colpo è arrivata un'ondata di gelo. Freddo polare tutt'intorno.

Cosa volete? ha chiesto col suo solito tono sprezzante.

Semplice, vogliamo annientarti, ha detto Bessie con un ghigno da ragazza di una gang molto temibile.

E vogliamo anche riportare il Magico Potere delle Donne nel mondo, brutto mostro! ha aggiunto Seraphine.

Io me la guardo per bene, la mia nonna, perché mi piace: ha l'aria da dura, ha l'aria di una persona piuttosto tranquilla ma a cui è meglio non rompere le scatole, perché sennò sei finito. Lentamente lei e le altre tre stanno accerchiando la Piedona.

Allora questa Callista Piedona esiste davvero, ha detto Circe. Io credevo fosse un'invenzione, una di quelle storie per fare paura ai bambini.

Be', con quel nome... ha detto Janine.

Esisto, certo che esisto! E continuerò a esistere *per sempre!* fa la cattiva Piedona.

Ah sì? Io dico di no, invece, fa Circe. Io dico che stiamo per distruggerti *per sempre*, te e il tuo malefico potere. Invece noi, noi non moriremo mai. Perché stiamo dalla parte buona.

Tu invece stai da quell'altra, ha detto Janine.

Ah ah ah, fa la Piedona col suo ghigno orrendo.

La nonna ha detto a Bessie: Ok, non perdiamo più tempo!

A questo punto Bessie sfila la sua fionda dall'interno del giubbotto, mi fa segno con la mano aperta di darle la mia pietra e io mi avvicino per allungargliela. Ho un po' paura ad andare verso la Piedona, ma cerco di stare calma.

Bessie prende la mira. La Piedona e Tonino cercano di scappare, ma qualcosa li inchioda lì. La Piedona dice qualcosa in una strana lingua che non capisco, la terra si muove di colpo, tutto è scosso da un gigantesco brivido, sembra un terremoto. I due malvagi riescono a muoversi e cominciano a scappare. Lei fila velocissima, quasi senza toccare terra; Tonino le arranca dietro. Mentre corrono giù per la discesa mia nonna mi dice: Cati, sei pronta?

Io dico di sì.

Manda l'invocazione alla Dea! Concentrati! Chiedi che siano richiamate le pietre lunari che sono in cielo sopra di noi, che si uniscano alla pietra che Bessie sta per lanciare.

Io cerco di concentrarmi più che posso. Ce la metto tutta. È la prima volta che faccio un'invocazione! Così importante, poi. La nonna mi ha detto di chiedere col cuore, senza pensare alle formule. Ha detto che le richieste che vengono dal cuore sono le più potenti. Così mi sono sentita dire: Le bambine della luce splendono davanti al mondo! Perché la scintilla che è in loro è parte della luce che avvolge ogni cosa! Grande Dea, aiutaci a compiere il nostro destino! Che il mondo ritrovi il Magico Potere delle Donne!

Non so se questa è proprio la cosa giusta da dire. Spero di sì. Guardo la nonna, che mi fa ok col pollice.

Intanto Bessie tende la fionda, la tende così tanto che gli elastici sembrano sul punto di spezzarsi. C'è qualcosa di nuovo che sta crescendo intorno a noi. Come un'onda di calore che sento nell'aria. Nonna mi si avvicina dice: Lo senti, Cati? È il Magico Potere femminile che sta crescendo!

È come se tutti i miei ricci si drizzassero sulla testa, come se fossero diventati dei piccoli serpenti che si muovono per conto loro, e vedo una nuvola di scintille di luce che danzano in mezzo a noi.

Nonna Seraphine fa un segno a Bessie. Dice: Ora! Lancia!

Lei lancia, e la pietra parte formando un grande arco che ricade esattamente in mezzo alla schiena della Piedona che sta correndo. Sopra le nostre teste sono in arrivo altre pietre lunari tipo la mia, è una pioggia di pietre che puntano tutte sopra di lei come calamitate o guidate da quella che ha scagliato Bessie. È come se stessero cadendo dei piccoli pezzi di cielo. Emanano una luce argentata e un grande calore. La Piedona e Tonino fanno appena in tempo ad alzare le loro teste malvagie verso il cielo, e lei urla qualcosa tipo NOOOO… IO VI ODIOOOO… VI ODIO… Una potente folata d'aria calda soffia tutt'intorno, noi vacilliamo, sto per cadere di nuovo a terra. Circe si avvicina alla nonna per sostenerla. E poi di colpo è tutto finito. La pioggia di pietre lunari colpisce e dissolve nel nulla la Piedona e il suo schiavo.

Noi ci guardiamo, come per vedere se siamo ancora tutte lì.

Ci avviciniamo al punto dove stavano la Piedona e Tonino fino a pochi secondi prima. Ma tutto quello che è rimasto è un piccolo cratere fumante sulla strada.

Lo fissiamo stupite. Sento che c'è una specie di allegria che vuole uscire dalle nostre pance, dai cuori, dalle facce. Qualcosa che è pronto a esplodere per andarsene in giro per tutta la Collina dei Falchi, e oltre. Per tutto l'universo.

Nonna si è pulita le mani sulla pettorina dei jeans e poi mi ha stretta alla sua panciona e ha detto: Hai fatto un buon lavoro, Cati, lo sapevo che eri una vera piccola maga di luce! E voi, ragazze, siete state impeccabili, ha aggiunto, rivolta al terzetto.

31.

Dopo, siamo corse a Villa Triste per liberare Alice e le altre. L'abbiamo presa dalla Stanza Blu e portata in camera sua. Io le tenevo una mano, le carezzavo la fronte. Lei ha cominciato pian piano a riprendere colore, a fare dei piccoli movimenti. Mentre nonna e le tre maghe si occupavano delle altre ragazze, io sono rimasta con Alice. Le sono stata vicino tutta la notte, le parlavo piano. L'ho vista riprendere le forze a poco a poco, era come vederla nascere un'altra volta. Quando fuori ha cominciato a brillare la luce dell'alba si è messa a sedere di colpo, ha dato una scrollata ai capelli ed era di nuovo lei. Ha detto: Ce ne hai messo di tempo per arrivare!

Sono scoppiata a ridere, l'ho abbracciata e l'ho riempita di baci. E poi le ho raccontato tutto, tutto quanto.

Le tre maghe stavano parlando con Giuliana, lei sorrideva emozionata e diceva che ci avrebbe pensato lei, a cambiare tutto a Villa Triste. Ho capito che le conosceva, ma non erano amiche perché le trattava con grandissimo rispetto e un poco di agitazione, che le vedevo nello sguardo e nei movimenti delle mani. Era più come una fan che per la prima volta incontra il suo mito.

Era ancora l'alba quando siamo tornate alla Casa della Luna. Per la strada non c'era nessuno, era come se il mondo intero dormisse. Ho visto la luce del nuovo giorno che lentamente stava scacciando la notte. Mi sono sentita qualcosa di nuovo dentro, una cosa strana che non so tanto descrivere. Forse anch'io, come Alicetta, stavo nascendo una seconda volta. Era come se quella pupetta che avevo visto dentro di me quando nonna mi aveva fatto fare le respirazioni fosse rispuntata fuori, e mi dava la mano, e io la prendevo. E ora che eravamo insieme guardavamo il mondo in un modo nuovo, e un po' della sua aria meravigliata e felice mi contagiava. Mi piaceva quella pupetta, non la trovavo più un'idiota, anzi, era proprio forte!

Abbiamo parcheggiato le moto e ho aiutato Alice a scendere dalla vespa di Circe.

Poi siamo andate a dormire. Ho ceduto il mio letto ad Alice e io e nonna siamo crollate dentro il suo lettone. Le tre ragazze hanno detto che sarebbero tornate la sera, volevano preparare una bella cena per festeggiare Alice e il successo della nostra missione.

La sera mentre stavamo trafficando in cucina è arrivata la pioggia, sono rimasta lì ad affettare i pomodori e i finocchi e ad ascoltare la pioggia che picchiettava sulle finestre.

Fa freddo, ha urlato Alice, risparmiate sul riscaldamento da queste parti? Che razza di casa! Allucinante! E risparmiano sul riscaldamento!

Io e nonna siamo scoppiate a ridere.

Alice ha detto: Tutta questa faccenda, tutto il pasticcio che mi avete raccontato, è una storia incredibile!

Sì, incredibile, e meravigliosa, ha detto Seraphine.

Be', se lo dici tu, ha ribattuto la mia amica.

Oh sì, è una storia meravigliosa, ha detto Janine tracannando un paio di sorsi di birra dalla bottiglia. E adesso qualcuno la dovrebbe scrivere, ha aggiunto, guardando verso di me.

Alice ha guardato la pioggia e ha detto: Devo dire che la sensazione delle gocce sulla pelle mi è sempre piaciuta un sacco. Voglio andare fuori a prendermi un po' di pioggia addosso!

Prenderai freddo! ha detto Bessie.

Lasciala fare, dai, è giovane, ha detto Janine.

Alice è uscita e noi siamo rimaste a guardarla mentre lei se ne stava in piedi nell'orto con le braccia allargate a saltare e fare giravolte, tutta felice.

Quando è tornata di corsa dentro casa gocciolava tutta. Circe le ha allungato un telo e ha detto: Ma è sempre così matta?

Oh, sì, ho detto io.

Anche di più, ha detto lei.

Allora, Cati, che ne dici? ha detto la mia nonnina.

Che cosa?

Non credi che sia una buona idea, quella di Janine?

Eh?

Di raccontare tutta la nostra avventura.

Non so. È importante, secondo voi?

Sì, secondo noi è importante. Potrebbe servire alle ragazze e alle bambine del futuro.

Ma non ci crederà nessuno a questa storia, sono successe delle cose troppo bizzarre, ho detto io.

Noi ora sappiamo che tu hai il Potere, Cati. E se lo hai, ora il tuo compito è aiutare tutte le altre ragazze.

Sì, ma come faccio?

Be', potresti scrivere una favola di potere.

Cos'è una favola di potere?

Nella nostra famiglia ci sono state delle cantastorie molto potenti che conoscevano l'arte di narrare buoni racconti. Non sto parlando di racconti qualunque, ma di racconti di potere. Storie che portano il Magico Potere delle Donne nel mondo.

Tu ci capisci qualcosa? ha detto Alice.

Mica tanto, ho detto io. E cosa farebbero queste fiabe di potere? ho chiesto.

Parlano all'anima delle donne, e questo le aiuta a capire chi sono, e dove possono trovare la forza, e come possono superare le difficoltà.

Sul serio?

Certo.

E voi dite che sono abbastanza brava da scrivere una FAVOLA DI POTERE?

Sì, direi di sì, ha detto nonna Seraphine.

È il tuo compito, ha detto Bessie.

Sei la predestinata, ha aggiunto Janine.

Alice è scoppiata a ridere, ha detto: Visto! CHE TI AVEVO DETTO?!

Sì, ha detto Circe, lei è la ragazza giusta per spiegare come l'anima femminile libera e indomita è stata sequestrata dal mondo, e come noi ragazze siamo state imprigionate per tanto tempo.

Come ci hanno succhiato la linfa vitale! ha aggiunto Janine.

Proprio come hanno fatto a me! ha ribadito Alice.

Brava, Alice! Sei una ragazza davvero in gamba, ha detto nonna.

Be', allora secondo me devi scriverla, questa storia, ha aggiunto Alice guardandomi.

Ma io... ho detto con un filo di timidezza improvvisa, io non so se sarò capace.

Comunque la sapete una cosa? ha chiesto Alice. Piacerebbe anche a me un giorno abitare in una grande villa col prato e i pavoni come quelli nel giardino della Piedona.

Ohohoh, ha detto nonna. Vuoi un paio di pavoni? Sul serio? ti piacciono tanto?

Da matti! Li trovo troppo chic! Ve lo devo dire.

Ok, ha fatto Seraphine. Vieni con me.

Sono uscite sotto la pioggia, si sono spinte nel giardino vicino a un albero di mele e ho sentito Alice che urlava: Siete proprio pazze, voi donne Du Puits!

Sono rimasta a guardare la mia amica che parlava e rideva mentre Seraphine le dava la schiena e armeggiava con la sua bacchetta di betulla. Ho continuato a tagliare le verdure e a rimuginare su questo fatto delle fiabe di potere. Poi di colpo mi sono accorta che non mi sentivo più arrabbiata con l'universo, anzi, mi sentivo una grande calma nella pancia. E mi sono detta che forse era un effetto del Potere. D'accordo, uno di questi giorni ci proverò, a raccontare tutta la storia dal principio. Anche se non sono sicura di riuscire a spiegare a tutti perché adesso, dopo tutto quello che è successo, mi sento così fiduciosa e piena di speranza.

FSC
www.fsc.org
MISTO
Carta da fonti gestite
in maniera responsabile
FSC® C021883

Finito di stampare nel mese di settembre 2017 presso
Grafica Veneta – Via Malcanton, 2 – Trebaseleghe (PD)
Printed in Italy